说字解诗

一字吟成诗境新

张素凤
孙春青 著

華文出版社
SINO-CULTURE PRESS

图书在版编目（CIP）数据

说字解诗：一字吟成诗境新 / 张素凤，孙春青著. -- 北京：华文出版社，2021.1
ISBN 978-7-5075-5325-3

Ⅰ. ①说… Ⅱ. ①张… ②孙… Ⅲ. ①古典诗歌－诗歌欣赏－中国－青少年读物 Ⅳ. ①I207.2

中国版本图书馆CIP数据核字（2020）第122882号

说字解诗：一字吟成诗境新

著　　者：张素凤　孙春青
责任编辑：刘超平　寇　宁
出版发行：华文出版社
地　　址：北京市西城区广外大街 305 号 8 区 2 号楼
邮政编码：100055
网　　址：http://www.hwcbs.com.cn
投稿信箱：hwcbs@126.com
电　　话：总编室 010-58336239　责任编辑 010-58336222
发行部 010-58336267
经　　销：新华书店
印　　刷：三河市燕春印务有限公司
开　　本：880mm × 1230mm　1/32
印　　张：11.5
字　　数：200 千字
版　　次：2021 年 1 月第 1 版
印　　次：2021 年 1 月第 1 次印刷
标准书号：ISBN 978-7-5075-5325-3
定　　价：40.00 元

本书为国家语委“十三五”科研规划2018年度重点项目“甲骨文等古文字在语文教育中的应用研究与功能开发”(ZDI135-74)阶段性成果；教育部哲学社会科学研究重大课题攻关项目（18JZD015）“新时代国家语言文字事业的新使命与发展方略研究”阶段性成果；郑州大学特聘教授科研启动基金项目“小学汉字教学的三维视角与传统文化融入研究”阶段性成果。

出版说明

习近平总书记指出："中华优秀传统文化是中华民族的文化根脉。"近年来，随着中华民族伟大复兴的"中国梦"实现进程的推进，全民学习中华优秀传统文化的热情日益高涨。而作为中华优秀传统文化重要组成部分的中国古代诗词，更是受到人们的大力追捧和普遍青睐。

众所周知，诗词是中国古代文学作品的主要体裁，汉字是诗词的载体，二者息息相关。从汉字角度讲，由甲骨文、金文、小篆到隶书、楷书，在几千年的演进中，汉字的意义产生了多种变化：有的意义进一步引申发展，有的意义渐渐脱落，有的意义成为隐含意义，而那些隐含意义往往潜在地影响着汉字的语用功能。从诗词角度讲，每一首诗，每一阕词，每一支曲，皆是一个个汉字的精妙组合。古人云："两句三年得，一吟双泪流""吟安一个字，拈断数茎须"，皆指诗歌创作中对字词反复推敲、千锤百炼的苦心孤诣。王国维亦喜用“著一‘闹’字，而境界全出”“著一‘弄’字，而境界全出”，来评价诗词中由“炼字”带来的意境的新鲜和生动。诗词创作追求“言有尽而意无穷”的艺术境界，精准地使用汉字可以使诗词更具韵味；反过来，深刻理解隐含在汉字构形中的意义特点，则有助于揭示、阐明诗词的意境和思想主旨。

本书的独特之处在于，把中华文化的两大精髓“汉字”与“诗词”结合起来，开辟了从汉字构形角度赏析诗词的独特门径，旨在让读者通过了解汉字字形、字义演进中产生的文化底蕴，更好地体会诗词之美。本书以汉字为线索，选取23组意义相近的字，从汉字构形入手，挖掘隐含在汉字构意中的意义特点，比较近义字之间的细微差别，阐释隐含意义在营造诗词意境中的作用，从而阐明古诗词的“炼字”之妙。书中每一章都包括“说字”和“解诗”两部分，说字部分通过分析字形构意，揭示汉字字形背后的隐含意义，辨明近义字的区别；解诗部分则是运用隐含意义对相关诗词进行赏析，以方便读者领会选字、炼字之精妙，领略汉字在诗词意蕴传达和意境创造中的重要意义，从而准确把握诗词要旨。全书脉络清晰、视角独到，令人耳目一新。

本书由毕业于北京师范大学和南开大学的两名博士合作完成。她们发挥各自在文字学和诗词两个领域的研究专长，通过本书告诉读者“说”字是“解”诗的不二门径，“咬文嚼字”是学习诗词的阳关大道。读者诸君，如果你们对诗词、对文字感兴趣，本书不可错过！

目　录

写在前面的话 · 1

伴傍

说字 · 6
解诗 · 8
杜　甫　闻官军收河南河北 · 8
李　白　月下独酌 · 10
晏　殊　破阵子（燕子来时新社）· 12
柳宗元　渔翁 · 13

比争

说字 · 18
解诗 · 21
王　勃　送杜少府之任蜀州 · 21
苏　轼　饮湖上初晴后雨 · 23
李清照　醉花阴（薄雾浓云愁永昼）· 24
白居易　钱塘湖春行 · 26

陆　游　卜算子·咏梅·29

裁剪

说字·32

解诗·34

贺知章　咏柳·34

白居易　题李次云窗竹·35

唐　寅　画鸡·37

李商隐　夜雨寄北·38

李　煜　相见欢（无言独上西楼）·40

翻卷

说字·44

解诗·48

刘禹锡　酬乐天扬州初逢席上见赠·48

王　磐　朝天子·咏喇叭·51

杜　牧　题乌江亭·52

浮飘

说字·56

解诗·59

骆宾王　咏鹅·59

杜　甫　登岳阳楼·60

王安石　登飞来峰·62

文天祥　过零丁洋 · 63
李清照　一剪梅（红藕香残玉簟秋）· 66
杜　甫　旅夜书怀 · 67

解散

说字 · 72
解诗 · 74
李　峤　风 · 74
范成大　四时田园杂兴（其一）· 75
岑　参　白雪歌送武判官归京 · 76
查慎行　舟夜书所见 · 79
李　白　春夜洛城闻笛 · 80
苏　轼　六月二十七日望湖楼醉书 · 81

尽灭

说字 · 86
解诗 · 90
李　白　黄鹤楼送孟浩然之广陵 · 90
李　白　独坐敬亭山 · 92
王之涣　登鹳雀楼 · 94
王　维　送元二使安西 · 96
孟浩然　早寒江上有怀 · 97
苏　轼　赠刘景文 · 99
李商隐　无题 · 100

李清照　武陵春（风住尘香花已尽）· 102
白居易　赋得古原草送别 · 104
苏　轼　念奴娇 · 赤壁怀古 · 106
林　杰　乞巧 · 109
温庭筠　望江南（梳洗罢）· 110
曾　几　三衢道中 · 112
柳宗元　江雪 · 113

惊恐

说字 · 118
解诗 · 121
王　维　画 · 121
杜　甫　春望 · 122
王　维　鸟鸣涧 · 124
李清照　如梦令（常记溪亭日暮）· 125
李　白　夜宿山寺 · 127
汉乐府　长歌行 · 128

绝断

说字 · 132
解诗 · 136
李　白　蜀道难 · 136
曹　操　短歌行 · 142
韩　愈　早春呈水部张十八员外 · 145
马致远　天净沙 · 秋思 · 146

开发

说字·150

解诗·153

叶绍翁　游园不值·153
李　白　望天门山·154
朱　熹　观书有感·156
白居易　池上·158
李　贺　雁门太守行·159
李　白　早发白帝城·162
苏　轼　江城子·密州出猎·163

临登

说字·168

解诗·170

曹　操　观沧海·170
杜　甫　登楼·172
张　籍　秋思·174
王　维　九月九日忆山东兄弟·175
陈子昂　登幽州台歌·176

落坠

说字·180

解诗·184

杜　甫　江南逢李龟年·184
龚自珍　己亥杂诗·186
孟浩然　春晓·187

李　白　闻王昌龄左迁龙标遥有此寄 · 188
曹　丕　燕歌行 · 190
杜　甫　登高 · 192
温庭筠　商山早行 · 194
张仁宝　题芭蕉叶上 · 196

骑乘

说字 · 200
解诗 · 204
袁　枚　所见 · 204
李　白　长干行（节选） · 205
杨　炯　从军行 · 207
卢　纶　塞下曲 · 209
李　白　行路难 · 210
崔　颢　黄鹤楼 · 212
曹　操　龟虽寿 · 214

倾斜

说字 · 218
解诗 · 220
杜　甫　羌村三首（其三） · 220
杜　牧　山行 · 222
刘方平　月夜 · 223
孟浩然　过故人庄 · 225
张志和　渔歌子（西塞山前白鹭飞） · 226

入收

说字 · 230

解诗 · 232

杨万里 宿新市徐公店 · 232
杨万里 过松源晨炊漆公店（其五）· 233
李　白 峨眉山月歌 · 234
王昌龄 芙蓉楼送辛渐 · 236
王安石 元日 · 237
王　湾 次北固山下 · 238
王　维 使至塞上 · 240
韩　愈 左迁至蓝关示侄孙湘 · 242

睡眠

说字 · 246

解诗 · 248

杜　甫 绝句 · 248
张　继 枫桥夜泊 · 249

望看

说字 · 252

解诗 · 256

杜　甫 望岳 · 256
王　绩 野望 · 259
白居易 望月有感 · 261
刘禹锡 望洞庭 · 263

张养浩　山坡羊·潼关怀古·264
岑　参　逢入京使·266
李　白　望庐山瀑布·267
苏　轼　题西林壁·268
杜　甫　春夜喜雨·270
夏完淳　别云间·271

卧坐

说字·276
解诗·278
陆　游　十一月四日风雨大作·278
吕　岩　牧童·280
辛弃疾　清平乐·村居·281
杨万里　舟过安仁·283
王　维　竹里馆·284
辛弃疾　南乡子·登京口北固亭有怀·285

惜怜

说字·290
解诗·292
陶渊明　归园田居（其三）·292
韦应物　滁州西涧·294
李　白　渡荆门送别·295

依倚

说字 · 298

解诗 · 301

白居易　池鹤八绝句 · 鹤答鹅 · 301

李　白　清平调三首（其三） · 303

白居易　后宫词 · 304

范仲淹　苏幕遮（碧云天，黄叶地） · 305

照映

说字 · 310

解诗 · 312

王　维　鹿柴 · 312

杨万里　小池 · 313

胡令能　小儿垂钓 · 315

杜　牧　江南春 · 316

杨万里　晓出净慈寺送林子方 · 317

蒸升

说字 · 320

解诗 · 322

岑　参　走马川行奉送封大夫出师西征 · 322

孟浩然　望洞庭湖赠张丞相 · 325

梅尧臣　鲁山山行 · 327

醉 酣

说字 · 330

解诗 · 332

王　翰 凉州词 · 332

辛弃疾 破阵子 · 为陈同甫赋壮词以寄之 · 333

林　升 题临安邸 · 336

高　鼎 村居 · 338

李　白 宣州谢朓楼饯别校书叔云 · 339

参考书目 · 343

写在前面的话

关于诗词炼字，历史上有很多流传至今的佳话，如贾岛吟“僧敲月下门”时“推”“敲”之比较，王安石咏“春风又绿江南岸”时“绿”字之灵活使用，宋祁诵“红杏枝头春意闹”时“闹”字之锤炼，等等。这些字的佳妙之处可以从字义、语法、修辞等角度进行解析。

然而，有些诗词的用字之妙很难从以上几个角度讲明白，以致人们对一些诗句的赏析陷入“只能意会，不能言传”的困境。例如，我们在吟诵“孤帆远影碧空尽”时，眼前浮现的是船帆由近及远，由大到小，直至完全消失在碧空尽头的动态过程。然而，根据字典中的解释，“尽”的意思是“完，终”，如果只用字典里“尽”的字义去解释“孤帆远影碧空尽”，则这句诗只能释为“碧空尽头已经没有孤帆远影”，这样一来，展现在读者眼前的就成了一幅静态的空阔景象。显然，以这样的方式解释出来的诗意，与我们原本能够想象出的意象有一定差别。再如，“白日依山尽”这句诗能够让我们想象出太阳慢慢西沉的动态景象，但是如果只按照字典对“尽”的解释来解读这句诗，它所描绘的也成了一种落日余晖的静态画面。可见，仅仅以字典中的字义解读诗歌，有时不能把诗意准确生动地描述出来。如何从根本上解决这种问题，而不是仅仅用“只能意会，不能言传”来解释字义与诗意不能吻合的无奈？我们发现了一条非常有效的途径——利用字的隐含义。

字义不仅包括人们容易感知和概括的显性义，也包括潜在的、不易被人们感知的隐含义。显然，对一个汉字而言，其进入字典、辞书的意义是显性义，没有进入字典、辞书的意义是隐含义。诗词炼字的妙处，不仅表现在所用之字的显性义与诗句所要表达的意境的吻合上，还表现在其隐含义与诗句意境的吻合上。因此，赏析诗词时，只关注诗词用字的显性义是不够的，唯有将其隐含义也揭示出来，分析隐含义与诗句语境的契合关系，才能把炼字之妙彻底说清楚。

我们可以从“形”“音”“义”三个角度来挖掘和探寻一个汉字的隐含义，即可以提取隐含在汉字的形体、读音、意义之中的潜在意义特点。例如，“落”字的构意“草木花叶脱落”蕴含着“离开母体”的意义特点，但“离开母体”并未体现于“落”字在字典、辞书中的释义里，属于“落”的隐含义。

诗词赏析中，适当把诗词用字的隐含义融入对诗意的解释中，可使诗词意象展现得具体、生动、具有画面感，有助于读者深入理解诗意，理解渗透在字词中的思想感情。例如，通过“尽”的甲骨文“”（像手执毛刷洗刷器皿内壁的形态，表示饮食已尽），可推出其隐含义是“逐渐减少的动态过程”，把“尽”的隐含义融入对“孤帆远影碧空尽”的赏析，则船渐行渐远的动态画面就会在读者眼前浮现；诗人站在黄鹤楼上目送朋友直至船帆消失在天际的意象，也有助于读者体会诗人对朋友的真挚情谊。再如，把“尽”的隐含义融入对“众鸟高飞尽”的赏析中，可以使鸟群向远处飞去，直至诗人望不见的动态画面清晰地浮现在读者的脑海中。将之与“孤云独去闲”联系起来看，则读者可以看出，诗人在这里有意创设了众鸟和孤云都离自己而去的动态意象，作为“相看两不厌，只有敬亭山”的背景和基础，即在诗人眼中，众鸟和孤云离开是因为嫌弃他、想要躲开他，只有敬亭山不嫌弃他，这样就深刻表现了诗人内心的孤独和寂寞。理解到这个程度，我们会发现，这样解释确实比把“相看两不厌，只有敬亭山”理解为表现敬亭山的美好可爱要深刻得多，且更符合作者当时的心境。

隐含义还可以为解析诗词炼字之妙提供可靠的依据，开辟新的诗词赏析途径。例如，“不知细叶谁裁出”的“裁”字以“衣”为部首，其字形构意是做衣服时把衣料剪成所需要的大小和样子，因而“裁”有隐含义“有计划，有目的，用心”。把“裁”的隐含义融入对“不知细叶谁裁出”的解释中，可以突出裁剪者在裁“细叶”时的精心，从而凸显剪出的细叶有多么精致可爱。再如，辛弃疾《破阵子》“弓如霹雳弦惊”中的“惊”字，繁体作“驚”，本义是“马骇也”，即马受惊乱跑，由此可推导出“惊”的隐含义是“动作猛烈”，“弦惊”的意思是弓弦震动幅度非常大，这句诗的意思是离弦的箭发出雷鸣般的声响，弓弦猛烈震颤。隐含义使箭射出后弓弦猛烈颤动的意象显得极具画面感，犹如在读者眼前，形象地表现出射箭者的勇武和豪情。

由上可见，说字是解诗的有效手段。本书的主要特点就是把说字与解诗结合起来。在体例编排上，本书有“字”与“诗”两条线索：“字”为主要线索，书中选出46个汉字，分成23组近义字进行比较、解析，按照字音顺序排列、分章节；“诗”为次要线索，在每个章节里，书中列出与本章解释的两个汉字相关的诗词。本书每一章都包括说字和解诗两部分内容：一是说解汉字，根据汉字构意、读音等提取汉字的隐含义；二是利用隐含义赏析相关诗词。为避免同样的诗词在不同章节重复出现，本书采用互见法，即每篇诗词仅在某一个章节中做完整解析，如果其中包含需要在其他章节解说的字，则只在那一章的“说字”部分以举例方式对相关字义和诗意进行阐释。

秦文字

小篆

“伴”在古代原本的意思是伴侣，有“依傍”之义，它的字形看起来像两个人并排站立、互相陪伴，所以隐含“并列”的意义。

小篆

“傍”也有“依傍”的意思，但它的字形中包含“旁”，因而隐含“旁边”的意思。

说字

"伴"和"傍"在诗中出现的频率不是很高，它们作为动词时，都有近旁之意，意思比较接近，但是使用时不能互换。这是因为它们的隐含意义有很大不同。"伴"在秦文字中作"㚘"，像两个人并排站立；小篆为"㚘"或"伴"，楷书作"伴"，也有些地方写作"㚘"，后统一为"伴"。《说文解字》解"伴"为"并行也。从二夫。'辇'字从此，读若伴侣之伴"，后来重造的从人半声的"伴"，本义就是在一起而能互助的人，即伴侣。由"伴"的秦文字、小篆字形以及声符"半"的意义都可以推断，"伴"的双方没有主次之分，是互为陪伴的"并列"关系，因此"并列"是其隐含义。

《说文解字》将"傍"解为"近也。从人旁声"，徐灏《说文解字注笺》则认为："依傍之义即旁之引申。"可见"傍"是"旁"的同源派生词，本义是临近、靠近。从其同源声符"旁"可看出，"傍"隐含着"旁边的、非主体的"这一意义，这与"伴"的隐含义"并列"明显不同。如范成大《四时田园杂兴》"童孙未解供耕织，也傍桑阴学种瓜”中，“傍”的意思是靠近，隐含义是“旁边的、非主体的”，“傍桑阴”意思是在桑树荫旁边，“也傍桑阴学种瓜”意思是儿童也在桑树荫旁边学着种瓜。显然，“傍”不能换作“伴”，因为这里孩子们是在桑树荫旁边干活儿，而不是与桑树相互陪伴。

正是由于隐含义的不同，“傍”和“伴”的引申义和组词造句的语用功能呈现不同的特点，如“依傍”“傍大款”中都隐含着“旁边”的意义特点，“伙伴”“伴侣”中隐含着“并列”的意义特点。“傍”“伴”的隐含义在古诗词中也有体现，将其隐含义清楚地阐明，有助于对古诗词意象的准确理解和诗词的赏析。

解诗

闻官军收河南河北①

杜甫

剑外忽传收蓟北，初闻涕泪满衣裳。②
却看妻子愁何在，漫卷诗书喜欲狂。③
白日放歌须纵酒，青春作伴好还乡。④
即从巴峡穿巫峡，便下襄阳向洛阳。⑤

【注释】

①闻：听说。

②剑外：剑门关以外，当时杜甫在梓州（今四川三台），唐时属剑南道。蓟北：泛指唐代幽州、蓟州一带，今河北北部地区，是安史之乱中叛军的根据地。涕：眼泪。

③妻子：妻子和孩子。漫卷：胡乱地卷起。

④青春：指明丽的春天景色。

⑤巫峡：长江三峡之一，因穿过巫山而得名。襄阳：杜甫祖籍。洛阳：今属河南，杜甫故乡。

这首诗作于唐代宗广德元年（763）春。当年正月史朝义自缢，安史之乱结束。杜甫听到消息惊喜欲狂，写了这首诗。

诗歌开头写诗人听闻“剑外忽传收蓟北”后，不觉喜极而泣，“涕泪满衣裳”。环顾妻儿，他们脸上的愁容消失了；诗人把自己珍爱的诗书胡乱地卷起来，高兴得像发了狂。诗人在大白天“放歌”“纵酒”，这都是“喜欲狂”的表现。

“伴”这个字出现于“青春作伴好还乡”一句中。此处的“伴”是“伴侣”的意思，隐含着双方互为陪伴、没有主次之分，互为“并列”关系的意思。那么，是谁与诗人相互陪伴呢？青春，即青翠明丽的春天景色。春天与诗人相互陪伴，这自然是一种拟人手法，诗人赋予了青翠明丽的春天景色以人的情感，好像大好春光也要和诗人一同还乡，这是年迈的诗人由于“喜欲狂”焕发的童心和活力，形象地表现了诗人“闻官军收河南河北”的喜悦，表达了诗人深挚的爱国情怀，展现了诗人在噩梦一样的浩劫终于结束后将要返回故乡开始新生活的喜不自胜。

至于诗的结尾“即从巴峡穿巫峡，便下襄阳向洛阳”，由于“巴峡”“巫峡”“襄阳”“洛阳”这四个地方彼此之间都有很长的距离，用“即从”“穿”“便下”“向”连贯起来，可以在读者眼前展现一个急速飞驰的画面，让这些地点一个接一个地从读者眼前一闪而过，这也更能让我们体会诗人喜悦与迫切的心情。

月下独酌①

李白

花间一壶酒，独酌无相亲。
举杯邀明月，对影成三人。
月既不解饮，影徒随我身。②
暂伴月将影，行乐须及春。③
我歌月徘徊，我舞影零乱。
醒时同交欢，醉后各分散。
永结无情游，相期邈云汉。④

【注释】

①酌：饮酒。

②既：已经。不解：不懂，不理解。徒：徒然，白白地。

③将：和，共。

④无情游：指超乎尘世俗情的交游。相期邈云汉：约定在天上相

见。期，约会。邈，遥远。云汉，银河。

这首诗通过丰富的想象，描绘了诗人在月下独自饮酒作乐的场景，表现了诗人的寂寞与无限凄凉。

“花间一壶酒，独酌无相亲。举杯邀明月，对影成三人”为读者展现了这样一个场景：诗人在花丛中摆上一壶酒，却只能自斟自酌，于是他举起酒杯邀请空中的明月与自己共饮，再加上自己的影子，构成了三“人”共饮的景象。

“伴”字出现在“月既不解饮，影徒随我身。暂伴月将影，行乐须及春”一句中。意思是月亮不明白饮酒的乐趣，影子也只是徒然跟随着诗人的身体，诗人只能暂时与月亮互为伙伴，趁着这大好的春光及时行乐。此处的“伴”是意动用法，其意思是“把……当作伙伴”；由于“伴”有隐含义“并列”，诗人在此处使用“伴”字，说明诗人把“月”和“影”都看成有思想、有感情的人，将它们当作自己的伙伴。然而，任何人都清楚，月和影子只不过是无生命的自然物，并不能真正地陪伴诗人、与诗人进行精神上的沟通，以它们为伴不过是诗人在孤寂中移情于物的一种表现。因此，此处的“伴”有助于展现诗人内心难以排解的孤独，且这样以月和影为伴的表达方式也极具浪漫主义色彩。

“我歌月徘徊，我舞影零乱。醒时同交欢，醉后各分散。永结无情游，相期邈云汉”，意思是“我纵声歌唱，月儿为之徘徊不前；我起身舞蹈，影子随之跟跄凌乱。清醒的时候可以一同欢乐，酒醉的时候只能各自分散；愿意和你们永远结为忘情的好友，相约在邈远的银河岸边再会”。这里写诗人与月和影子同歌共舞，看似充满欢乐，背后却蕴含着无限的孤寂，进一步加深了前句表达的感情。

破阵子

晏殊

燕子来时新社，梨花落后清明。[①] 池上碧苔三四点，叶底黄鹂一两声，日长飞絮轻。

巧笑东邻女<u>伴</u>，采桑径里逢迎。[②] 疑怪昨宵春梦好，元是今朝斗草赢，笑从双脸生。[③]

【注释】

①新社：社日是古代祭土地神以祈丰收的日子，有春秋两社。新社即春社，时间在立春后清明前。

②巧笑：形容少女美好的笑容。逢迎：相逢。

③疑怪：诧异、奇怪。这里是“怪不得”的意思。斗草：古代妇女的一种游戏，也叫“斗百草”。脸：指脸颊。

这首词以轻淡的笔触，描写了古代少女春季生活的一个小小片段，充满了青春的欢乐，十分有感染力。

上阕通过“燕来”“社祭”“梨花”“清明”“池塘”“青苔”“黄鹂”“飞絮”等典型事物点明故事发生在春日，行文轻快流丽，蕴含喜悦的情意，为全词奠定了明朗、和谐、优美的基调。

“伴”字出现于下阕“巧笑东邻女伴，采桑径里逢迎”中。这句话是倒装句，意思是女主人公在采桑的小路上遇到了笑眯眯的东邻小伙伴。“女伴”指的是女性伙伴。“伴”的隐含义是“并列”，说明此处的女伴与主人公是彼此对等的朋友关系，经常互相陪伴。与朋友不期而遇，这当然是令女主人公十分高兴的事，可以想见她与她的“东邻女伴”相逢的时候是一个怎样兴高采烈的时刻。

“疑怪昨宵春梦好，元是今朝斗草赢，笑从双脸生”，意思是女主人公想到昨天夜里做的好梦，觉得原来是应验在与同伴玩斗草的游戏时自己赢了上，不禁双颊生出笑容。

渔翁

柳宗元

渔翁夜傍西岩宿，晓汲清湘燃楚竹。①

烟销日出不见人，欸乃一声山水绿。②

回看天际下中流，岩上无心云相逐。

【注释】

①傍：靠近。汲：打水。湘：湘水。楚竹：即湘竹。

②欸（ǎi）乃：象声词，形容摇橹的声音。

这首诗作于永州，借一个在山青水绿之间独来独往的“渔翁”的形象，表达了诗人寄情山水的想法和政治失意的孤愤。

“傍”字出现于第一句“渔翁夜傍西岩宿”中，意思是渔翁夜晚在永州城外的西山旁边住宿休息。“傍”的意思是靠近、在旁边。由于渔翁与西山不是并列或互相陪伴的关系，而是以西山为中心依傍在西山旁边，因此此处用“傍”不用“伴”。如果使用了“伴”，那就改变了本句的感情色彩，而且描述得不够准确了。

“晓汲清湘燃楚竹”，意思是拂晓汲起湘江清水又燃起楚竹。渔翁用湘江水做饭，以楚竹为薪，却不说汲“水”燃“薪”，而是用“清湘”“楚竹”分别代指水和柴薪，把世俗生活写得清新脱俗，使普通的晨炊画面充满了超凡绝俗的意蕴，表现了诗人孤高的品格。

“烟销日出不见人，欸乃一声山水绿”，晨炊烟气已经散尽，太阳出来，照亮了青山绿水，四周空无一人，只听见“欸乃”一声，说明渔翁已经在清晨寂静的环境中启舟前行了。这里将渔翁的生活场景表现为一个清寂又有几分神秘的情境，隐隐传达出诗人那既孤高又不免寂寞的心境。

“回看天际下中流，岩上无心云相逐”写渔翁乘舟顺流而下，再回首眺望已经远在天边的西山时，只见山岩之上缭绕舒展的白云正在无忧无虑地互相追逐。全诗通过在山青水绿之处独往独来的“渔翁”意象，表达了诗人孤芳自赏的情绪，透过充满奇趣的清静寥落的意境，传达了诗人超脱淡逸的心境和情怀。

甲骨文

小篆

比

“比”本来的意思是“亲近”，也有“较量高低”之义，它的字形就像两个人紧靠彼此站在一起，所以隐含“紧挨着”的意思。

甲骨文

小篆

争

“争”看起来像两只手抢夺一个东西，因此本来的意思就是争夺，还隐含“用力”的意思。

说字

把“比”和“争”放在一起比较，是因为它们都有“竞争”之义，且在诗词中都比较常用。

“比”金文作“[illegible]”，像两人并排在一起的形态，到小篆中字形演变为“[illegible]”，《说文解字》将之解为“密也。二人为从，反从为比……夶，古文比”。段玉裁注中说：“夶……盖从二‘大’也，二大者，二人也。”可见，“比”的古文字形均像两人并排在一起之形，只不过甲骨文和小篆字形为侧面人形，《说文解字》古文为正面站立人形。《汉语大字典》把“比”的本义说解为“亲，亲近”，常用义有“相邻”“较量高低”“匹配”“譬喻，模拟”等，都是其引申义；可组成“比邻”“比肩”“比赛”“对比”“类比”“无与伦比”“比方”“比兴”等词语，在这些词语中“比”都包含隐含义“紧挨着”。显然，“紧挨着”不仅是“比”的构意具有的特点，也是联系“比”的各种引申意义的线索，因此可将之看作“比”的隐含义。

白居易《长恨歌》“在天愿作比翼鸟，在地愿为连理枝”是唐玄宗与杨贵妃真诚相爱时所立下的誓语，其中以“比翼鸟”和“连理枝”比喻紧紧相连无法分开的相爱男女。连理枝容易理解，鸟如何比翼？文献中对比翼鸟的记载说：“南方有比翼鸟焉，不比不飞，其名谓之鹣鹣。”（《尔雅·释地》）对此郭璞注为：“似凫，青赤色，一目一翼，相得乃飞。”这里的意思是比翼鸟长得像鸭子，青赤色，每只鸟只有一只眼睛、一个翅膀，必须两只鸟靠在一起才能飞。因其相伴而飞、彼此不能分离，所以被用来比喻彼此形影不离的恩爱夫妻。“比翼鸟”里的“比”的意思就是“紧挨着”，表现为两只鸟的翅膀紧挨着，彼此靠近、形影不离。另外，要准确理解“海内存知己，天涯若比邻”“欲把西湖比西子”“人比黄花瘦”这些脍炙人口的诗词名句，准确揭示“比”的隐含义也是最重要的一把钥匙。

“争”在甲骨文中作“”，像上下两只手抢一个东西，本义就是争夺，《说文解字》解为“争，引也”，段玉裁解为“凡言争者，皆谓引之使归于己”。争夺是双方实力的较量，因此“争”可引申出“争斗、较量”的意思，又进一步引申为“辩讼、辩论”，这体现在《玉篇》“争，讼也”，《正字通》“争，辩也”等文献中。它还可以引申为“竞争”，如《广韵》中提及“争，竞也”。由“争”的构意及各个引申义可以看出，“争”的隐含义是“用力”。李清照《如梦令》“争渡，争渡，惊起一滩鸥鹭”形象地表现诗人想从“藕花深处”

出来而竭尽全力划船的样子，以至停栖的水鸟都受惊飞起。“争”的隐含义在这句诗中显性化，使主人公用力划船的形象非常生动，具有画面感，同时给读者留下了无限的想象空间。

解诗

送杜少府之任蜀州

王勃

城阙辅三秦，风烟望五津。①
与君离别意，同是宦游人。
海内存知己，天涯若比邻。
无为在歧路，儿女共沾巾。②

【注释】

①城阙：指唐代都城长安。辅：护卫。三秦：现在陕西一带；辅三秦即以三秦为辅。五津：四川境内长江的五个渡口。津的本义是渡口。

②无为：不用，不要。歧路：岔路，指分手处。

这首诗是作者在长安的时候写的。“少府”，是唐朝人对县尉的通称。一位姓杜的少府将到四川做官，王勃在长安相送，临别时将这首诗赠送给他。

首联“城阙辅三秦，风烟望五津”点出送别的地点和远行的方向。送别之地在被三秦大地高高拱卫的长安城，被送的杜少府要去的是渡口林立的蜀州。长安城与蜀州之间风烟弥漫、路途遥远，一个“望”字把相隔千里的秦、蜀两地连在一起，暗喻惜别的情意。颔联“与君离别意，同是宦游人”中的“同”字把杜少府与作者联系起来，说两人都是漂流在外的人，经历同样的宦海浮沉，因此惜别之情中还包含着彼此的相互慰藉。

“比”字出现在颈联“海内存知己，天涯若比邻”中，这是千古传诵的佳句，意思是同在四海之内又彼此心意相通，即使远在天边也像就在隔壁一样，不会觉得遥远。“比邻”的意思是邻居，“比”的隐含义是“紧挨着”，在这里强调双方距离非常近，不是普通的相邻，是紧挨着的近邻，从而与“天涯”形成强烈对比，突出只要心灵相通，空间距离的远近不是问题，甚至可以忽略，表现了诗人豁达的胸襟和对友人的真挚情谊，也道出了诚挚的友谊可以超越时空界限的哲理，给人以莫大的安慰和鼓舞，因而成为脍炙人口的千古名句。

“无为在歧路，儿女共沾巾”，即诗人劝好友不要在分手的岔路口像那些青年男女一样悲伤哭泣、泪湿沾襟。

饮湖上初晴后雨①

苏轼

水光潋滟晴方好，山色空蒙雨亦奇。②
欲把西湖比西子，淡妆浓抹总相宜。③

【注释】

①饮湖上：在西湖的船上饮酒。

②潋滟：水波荡漾、波光闪动的样子。空蒙：细雨迷蒙的样子。

③西子：即西施，春秋时期越国有名的美女。总相宜：总是很合适，十分自然。

苏轼于宋神宗熙宁四年至七年（1071—1074）任杭州通判，其间写下大量有关西湖景物的诗。这首诗是其中的一首。

“比”字出现在“欲把西湖比西子”中。“比”的古文字形体像两个彼此靠近的人形，其中两个人形构件是相同的。“比”这个字的构意特点使之引申出“比喻，打比方”的意思，因为比喻的本体和喻体要有相似性。此处把“西湖”比喻成“西子”，西湖和西子有什么相似性呢？

西子就是西施，是春秋时期越国有名的美女，也是中国古代四大美女之首；西湖风景十分秀美，是中国著名的风景区，其美丽又是自然形成的，与西施的天生丽质十分相似，这种天生的自然美，不管是淡淡梳妆还是浓妆艳抹都适宜，因此说“欲把西湖比西子，淡妆浓抹总相宜”，说明西湖在不同环境下可以显现不同风格的美。这也呼应了开头“水光潋滟晴方好，山色空蒙雨亦奇”，晴天阳光灿烂，西湖水微波粼粼、波光艳丽，看起来很美；雨天时，在雨幕笼罩下，西湖周围的群山迷迷蒙蒙、空灵朦胧、若有若无，显得非常奇妙。西湖晴天和雨天都很美，只是风格不同，就像一个天生丽质的人，不管淡抹还是浓妆都是美的。因而诗人把西湖比作西子非常贴切，恰如其分地表现了西湖不管是晴是雨、是冬是春，同样美不胜收的特点。

醉花阴

李清照

薄雾浓云愁永昼，瑞脑消金兽。[①] 佳节又重阳，玉枕纱厨，半夜凉初透。[②]

东篱把酒黄昏后，有暗香盈袖。[③] 莫道不销魂，帘卷西风，人比黄花瘦。[4]

【注释】

①瑞脑：一种薰香名，又称龙脑香，即冰片。金兽：兽形的铜香炉。

②重阳：农历九月九日为重阳节。纱厨：即防蚊蝇的纱帐。厨，《彤管遗编》等作“窗”。

③东篱：种植菊花的花圃。陶渊明《饮酒》诗云：“采菊东篱下，悠然见南山。”这里借“东篱”引出菊花。

④销魂：形容极度忧愁、悲伤。

这首词是作者婚后所作，通过描述作者重阳节把酒赏菊的情景，烘托了一种凄凉寂寥的氛围，表达了作者思念丈夫的孤独与寂寞。

“比”字出现在“莫道不销魂，帘卷西风，人比黄花瘦”这个当时就被认为“绝佳”的名句中。“比”的甲骨文字形像两个人彼此并列紧挨着。靠近而并列往往容易产生比较和竞争，因此“比”又有“比较”的意思。这首词中的“比”就表示比较。词中用人和黄花做比较，说人比黄花更瘦。为什么把黄花作为比较对象，又为什么说人比黄花还瘦呢？把酒赏菊是重阳佳节的一个主要习俗，因此词人信手用黄花作比；同时菊瓣纤长，具有细瘦的特点，且菊花于秋天绽放，而秋天容易让人联想到离愁别绪，这与词人思念丈夫的情绪一致。

词人婚后与丈夫分别，对丈夫充满思念，因而备感孤独和日子漫长。“薄雾浓云愁永昼，瑞脑消金兽”，其中“永”的意思是长。一般都说漫漫长夜令人难熬，这里却说“愁永昼”，即发愁白天太长、过得太慢，词人在薄雾浓云的阴暗天气中，独自看着香炉里瑞脑的袅袅青烟，百无聊赖。白天都觉得难挨，夜晚就可想而知了。“佳节又重阳，玉枕纱厨，半夜凉初透”，再遇上重阳佳节，天气骤凉，睡到半夜，凉意透入帐中枕上。寥寥数语，词人便把一个闺中少妇孤独、凄凉的愁态描摹出来。接下来“有暗香盈袖”写黄昏后把酒赏菊，化用了《古诗十九首》中的“馨香盈怀袖，路远莫致之”，暗写她无法排遣对丈夫的思念。最后词人用“莫道不销魂，帘卷西风，人比黄花瘦”创造了一个凄清寂寥的深秋怀人意象：一阵寒风把帘子翻卷起来，只见一位少妇对着黄色菊花相思成愁，极度的忧伤使她看上去比这黄花还要瘦弱。全词到此戛然而止，令读者对呈现在脑海中的黯然相思的少妇形象备感怜惜。

钱塘湖春行[①]

白居易

孤山寺北贾亭西，水面初平云脚低。[②]

几处早莺争暖树，谁家新燕啄春泥。
乱花渐欲迷人眼，浅草才能没马蹄。③
最爱湖东行不足，绿杨阴里白沙堤。④

【注释】

①钱塘湖：即杭州西湖。

②孤山：在西湖的里湖、外湖之间，因为与其他山不相连接，所以称为孤山。上有孤山亭，可俯瞰西湖全景。贾亭：又叫贾公亭。曾为西湖名胜，今不存。初：不久。云脚：接近地面的云气，多见于将雨或雨初停时。

③迷人眼：使人眼花缭乱。

④行不足：百游不厌。足，满足。阴：同“荫”，指树荫。白沙堤：即今白堤，又称沙堤，在西湖东畔。

这是一首描绘西湖美景的名篇。通过对初春西湖景色的描写，为读者勾画了一幅生机勃勃的西湖春景图。

首联“孤山寺北贾亭西，水面初平云脚低”用两个地名交代了诗人游览的路线，先写了从远处、高处向西湖眺望时看到的景色，从孤山寺的北面行至贾亭的西面，此时湖面春水初涨与堤岸齐平，空中白云低垂。

“争”字出现在颔联“几处早莺争暖树，谁家新燕啄春泥”中。“争”的意思是争抢，其中隐含着“用力”的意思。把“争”的“用力”意义揭示出来，则“几处早莺争暖树”的意象会显得非常生动具体，使读者眼前呈现几只黄莺拼命快飞，以抢占温暖向阳的枝头的景象。下句“谁家新燕啄春泥”中“啄”的意思是鸟类用嘴叩击并夹住东西，意象也非常具体，有很强的动感，使新燕啄泥的动态景象犹如动画般出现在人们眼前。“争”“啄”两个动词准确生动地描绘了黄莺和新燕的动作特点，使初春清新的画面显得灵动热闹，充满生机。

颈联“乱花渐欲迷人眼，浅草才能没马蹄”写初春地上的花草，“乱”字表现了初春野花遍地，东一簇、西一簇，五彩缤纷，能迷住人的眼睛的特点；“浅”字准确地表现了初春时小草还非常矮小，刚刚能够遮没马蹄的情景。

尾联“最爱湖东行不足，绿杨阴里白沙堤”写的是诗人最喜爱西湖东边的美景，在那里总也走不够、看不够，尤其是在杨柳荫下的白沙堤。

这首诗就像一篇短小精悍的游记，点面结合地描绘了西湖生机盎然的初春景象，表现了诗人陶醉于初春西湖美景的喜悦心情。

卜算子·咏梅

陆游

驿外断桥边，寂寞开无主。[①] 已是黄昏独自愁，更著风和雨。[②]

无意苦争春，一任群芳妒。[③] 零落成泥碾作尘，只有香如故。[④]

【注释】

①驿：驿站，古代传递政府文书的人中途换马匹休息、住宿的地方。断桥：残破的桥。

②著（zhuó）：值，遇。

③一任：完全听凭。

④零落：凋零。碾：轧碎。

这是一首咏物之作，是古典诗词中的传统题材，托物喻志是常用的艺术手法。这首词题目提及“咏梅”，主旨又不只是咏梅，梅花实际上是作者的化身。

南宋孝宗乾道二年（1166），陆游支持张浚抗金，因而获罪，被罢免了隆兴通判之职，在家闲居四年。为此，词人以梅花自喻，表现自己高洁的品行和不屈的风骨。“驿外断桥边”是说梅花所处的位置非常荒凉，少有人到此处，因此梅花“寂寞”“无主”，诗人以此比喻自己当时的凄冷处境和报国无门的寂寥。“已是黄昏独自愁，更著风和雨”意思是身处荒凉冷僻之地的梅花，到了黄昏会感到格外孤独，再加上风和雨的摧残，更加难以忍受。这里是用风雨比喻政治的凄风苦雨对自己的无情摧残。

“争”字出现在“无意苦争春，一任群芳妒”中。“争”的隐含义“用力”在这里具体表现为百花用力绽放，争抢着在春天出风头。“苦争春”把花儿竞相开放看作努力争抢风头，用拟人的手法影射了官场上争权夺利、互相倾轧的丑态。而梅花的“无意苦争春”则暗指词人无意跟别人争权夺利，“一任群芳妒”，任凭那些争权夺利的势利小人妒忌自己。“任”字体现了诗人不屑与人争斗的气度和品行。

“零落成泥碾作尘，只有香如故”，意思是梅花直至掉落下来被碾压成泥土，香气依然不变，仍是用梅花高洁的品行比喻诗人自身不管身处什么境遇都不会改变自己的品格和风骨的决心。

小篆

“裁”在古代指的是一个人做衣服时把衣料剪切成需要的大小和样子，裁剪衣服需要事先设计，因此“裁”包含“有计划，有目的”的意思。

小篆

“剪”字指的并非只有裁剪衣服一件事，所以它与裁剪时是否“有计划，有目的”无关，只包含“齐”的意思。

说字

“裁”“剪”意义相近，都有用剪刀弄断的意思，可组成合成词“裁剪”。但二者又有明显区别，“裁”以衣为部首，《说文解字》解为“制衣也”，说明“裁”的字形理据是做衣服时把衣料剪切成需要的大小和样子。显然“裁”包含着“有计划、有目的、用心”的意义特点。《汉语大字典》将“裁”的本义解释为“裁剪，用刀剪把纸或布割裂”，《新华字典》把“裁”解释为“用剪子剪布或用刀子割纸”。显然，《汉语大字典》和《新华字典》都没有把“裁”“有计划、有目的、用心”的意义特点纳入释义，因此，我们把从“裁”的字形理据中提取的上述意义看作其隐含义。

“剪”字以“刀”为部首，即以所用工具为表义构件，其字形构意不像“裁”那样包含着裁剪者是否用心的问题。《说文解字》将之释义为“剪，齐断也”，说明“剪”的词义中包含着“齐”的意义特点，而这个特点也没有进入现代辞书的释义系统，因此可以看作“剪”的隐含义。

从以上分析可以看出，隐含义不同是“裁”与“剪”的主要区别。对这些细微的区别进行甄别，能够帮助我们把握诗人细腻的匠心和构思的巧妙。

解诗

咏柳

贺知章

碧玉妆成一树高，万条垂下绿丝绦。①
不知细叶谁裁出，二月春风似剪刀。②

【注释】

①碧玉：碧绿色的玉。这里用来比喻春天嫩绿的柳叶。妆：装饰，打扮。绦（tāo）：用丝编成的绳带。

②似：如同，好像。

这是一首咏物诗，歌咏对象是早春二月的柳树。

首联“碧玉妆成一树高，万条垂下绿丝绦”是对柳树的整体描写，用“碧玉”比喻柳叶碧绿、润泽、晶莹的特点，用“丝绦”比喻柳枝的修长、柔美。

“不知细叶谁裁出”中，“裁”的意思是剪，但因为“裁”字有“有计划、有目的、用心”的隐含义，我们可以体会作者在设喻时突出裁剪者在裁“细叶”时的万分精心，因而剪出的细叶才愈加精致可爱的用心。这里“裁”能够表达的对柳叶的赞美显然是“剪”字无法表达的，因此这里的“裁”不可换作“剪”。

最后一句“二月春风似剪刀”既是对“不知细叶谁裁出”的回答，又点出了所咏之柳是二月之柳、春天之柳。诗人把春风比作“剪刀”，认为它裁出了新叶、吹绿了柳树，比喻新奇传神。

全诗对柳树做了从整体到部分的描写，从整棵树到枝条再到柳叶；用“碧玉”“丝绦”比喻柳叶、柳枝的润泽碧绿、细长柔美，十分形象生动；“裁”字隐含了裁剪者用心剪出的细叶精致可爱的意味，十分传神；最后巧妙地说明了裁出新叶、吹绿柳树的是二月春风，透露了作者对春天孩童般纯真诚挚的热爱。

题李次云窗竹

白居易

不用<u>裁</u>为鸣凤管，不须截作钓鱼竿。[①]

千花百草凋零后，留向纷纷雪里看。[2]

【注释】

①鸣凤管：指笙箫。用竹管制成，因其声音优美如凤鸣而得名。

②凋零：（草木花叶）零落。

这是一首借竹言志、别具情韵的咏竹诗。

首联为“不用裁为鸣凤管，不须截作钓鱼竿”。其中“裁”与“截”相对，其动作对象都是竹子。为什么一个用“裁”，一个用“截”呢？显然，用同样的原料（竹子）制作的物品不同：“鸣凤管”是一种乐器，即箫。相传春秋时萧史善吹箫，能发出凤鸣声引凤凰止于其屋，故称“箫”为“鸣凤管”。箫在形状、长度、孔的大小及相互距离等方面都要有讲究，才能做到音准、音色俱佳，因此制作必须要特别精心，这与“裁”字的隐含义“有计划、有目的、用心”相吻合。相反，“钓鱼竿”制作起来要简单得多，不用特别精心设计，只要用长短粗细合适的一段竹竿即可，因此用本义为“割断”的“截”字；同时“截”的意义中隐含着“断面整齐”的特点，如“截然”就是整齐的意思，这也与钓鱼竿的特点密合。可见，“裁”和“截”两个动词的使用在这首诗中非常准确、传神。

“鸣凤管”也好，“钓鱼竿”也好，都是竹子的功能，但作者写这首诗的目的不是谈论竹子的实用价值，因此用“不用”“不须”将其实用功能弱化，而凸显其精神。“千花百草凋零后，留向纷纷雪里看”中，通过与“千花百草凋零”相比，诗人突显了竹子孤立于雪里的意象，表现竹的高洁本质，也暗示了自身孤立于世俗的孤傲性格与操守。

画鸡

唐寅

头上红冠不用裁，满身雪白走将来。①
平生不敢轻言语，一叫千门万户开。②

【注释】

①红冠：这里指红色的鸡冠。走将来：走过来。

②言语：说话。

这首诗是唐寅对自己所画的鸡的描写。

“头上红冠不用裁”中，“不用裁”说明红冠的美丽形状是自然天成的。“裁”的隐含义“有计划、有目的、用心”，暗示鸡头上的红冠非常精致、漂亮，仿佛是精心设计、裁剪出来的。红冠与“满身雪白”相互映衬，色彩十分艳丽；“走将来”表现了诗人所画之鸡动作十分威武，好像正向这里走来，极具动感、活灵活现。

“平生不敢轻言语，一叫千门万户开”，说这只鸡不敢轻易鸣叫，因为它一叫，千家万户的门都要打开，表现了公鸡叫声的高亢、嘹亮，用来比喻诗人远大的理想和抱负。

全诗从画中鸡的色彩、动作、神态以及通过图画可以想象的鸡叫声对大公鸡进行描写，使人如见其画、如闻其声。结尾一句使该诗具有一种催人奋进的力量。

夜雨寄北[1]

李商隐

君问归期未有期，巴山夜雨涨秋池。[2]
何当共剪西窗烛，却话巴山夜雨时。[3]

【注释】

①寄北：寄给北方的人。诗人当时在巴蜀（现在四川省），他的妻子在长安，所以说“寄北”。

②君：对对方的尊称，等于现代汉语中的“您”。归期：指回家

的日期。巴山：指大巴山，在陕西南部和四川东北交界处。这里泛指巴蜀一带。秋池：秋天的池塘。

③何当：什么时候。剪西窗烛：剪烛，剪去燃焦的烛芯，使灯光明亮。这里形容深夜在西窗下秉烛长谈。却话：回头说，追述。

这首诗是李商隐身居遥远的异乡巴蜀时写给在长安的妻子的一首抒情七言绝句。

首联“君问归期未有期，巴山夜雨涨秋池”说明当时诗人被秋雨阻隔，滞留荆巴一带。妻子从家中寄来书信，询问归期。但秋雨连绵、交通中断，诗人无法确定归期，所以回答：“君问归期未有期。”其中流露出诗人留滞异乡、归期未卜的羁旅之愁。

下联话题一转，从眼前跳到将来，写诗人对未来相见情景的遐想。“何当共剪西窗烛”意思是你我何时能够在西窗下共同剪掉过长的烛芯。古代夜晚用蜡烛照明，蜡烛燃烧时间过长会引起烛花现象，火苗会跳动，必须剪短烛心才能保持烛火稳定。“共剪西窗烛”勾画了一个生动的画面：久别重逢后，两人在烛光下畅谈，因为有说不完的话，烛火一次又一次地因蜡烛燃烧时间过长而跳跃不稳，所以一次又一次剪短烛芯。这里用“剪”不用“裁”，因为剪烛芯只需要将过长的烛芯剪短即可，不用经过特别精心的设计。“何当共剪西窗烛”暗示诗人与妻子伉俪情深，时刻盼望能速归故里，与妻子共坐西窗之下，剪去烛芯，深夜畅谈，聊一聊“巴山夜雨”和巴山夜雨中自己对妻子的深情思念。

相见欢

李煜

无言独上西楼，月如钩。寂寞梧桐深院锁清秋。[①]

剪不断，理还乱，是离愁。[②] 别是一般滋味在心头。[③]

【注释】

①锁清秋：形容被秋色所笼罩。

②离愁：离别之愁，这里指去国之愁。

③别是一般：另有一种。本句尚有“别是一番滋味在心头”等其他版本（曾昭岷等：《全唐五代词》，中华书局，1999）。

“相见欢”是词牌名，这首词是词人由帝王沦为阶下囚时所作，表现了他离乡去国的椎心泣血之痛。

诗中“剪”和“理”的是“离愁”，“离愁”是看不见摸不着的抽象心绪，这里用表示具体动作的动词“剪”和“理”与之搭配，显然是用了比喻手法，也就是把离愁比作连绵不断又缠绕无绪的乱丝。这里用“剪”不用“裁”，是因为剪断丝不用事先设计，只需简单地使之断开，有痛快之意。然而丝长可以剪断，丝乱可以整理，那千丝万缕的“离愁”却是“剪不断，理还乱”的，这深刻反映了国破家亡的南唐后主内心难以排遣的愁苦悲恨，以及他饱尝人间冷暖后心中涌动的难以言喻的复杂心情。

我们再回头看开头，缺月、梧桐、深院、清秋等意象，无不渲染了一种凄凉的氛围，衬托了词人内心的孤寂之情，同时也为下阕的抒情做了铺垫。

小篆

翻

“翻”在古代本来的意思是“飞”，由于字形中包含具有反复变动意思的“番”，它有飞翔时上下左右不断改变方位的意思。

小篆

卷

“卷”与“翻”可以组成“翻卷”一词，它在古代原本指的是“膝关节”，由于膝关节可以弯曲，所以“卷”有“弯曲”的意思。

说字

“翻”字是《说文解字》新附字，被解释为“翻，飞也。从羽，番声。或从飞”。这也就是说“翻”有两种写法，一种以羽为义符，一种以飞为义符，其本义是“飞”。然而“翻”与“飞”在意义上明显不同，其差别何在呢？根据《广韵·元韵》“番，递也”、《集韵·愿韵》“番，更次也”，“番”具有更替轮值、反复变动的意思；而“翻”具有的“翻卷，翻腾”“翻转，翻到”等意义恰与“番”的“反复变动”特点具有相通性，因此我们认为“反复变动”就是“翻”字的隐含义，即“翻”在飞时具有上下左右不断变化的特点。如岑参《白雪歌送武判官归京》“风掣红旗冻不翻”中，“翻”隐含着“反复变动”的特点，此处的意思就是不断变动方向地飞，形容旗帜随风招展、飘扬的样子。这句诗意思是大风猛力拉扯红旗，但红旗与落在上面的雪一起冻成了大冰坨，风也拉扯不动它，因此不能随风飘扬，形象地表现了西域的极度寒冷。

辛弃疾《破阵子·为陈同甫赋壮词以寄之》“五十弦翻塞外

声，沙场秋点兵”中的“翻”字意思是“演奏”，“演奏”与“翻”的本义有什么联系？它是如何引申出来的？“翻”的本义是飞，隐含着“反复变动”的特点，即“翻”的意思是不断上下左右变化方向地飞。演奏弦乐时，手指要上下左右地运动，可见，“翻”的隐含义与演奏弦乐的运动具有共同特点，因此可以引申为“演奏”。把“翻”的隐含义融入“五十弦翻塞外声”的意象中，则读者眼前可呈现出手指上下左右不断翻飞的演奏形象，由此生动逼真地表现了演奏者的高超技艺。同样，白居易《琵琶行》“莫辞更坐弹一曲，为君翻作《琵琶行》”中的“翻”也是演奏之义，也隐含着演奏时手指上下左右不断变化位置的意象，暗示了演奏者高超的技艺。

在古汉语中，“卷”有两个读音，作名词或形容词时读作quán；作动词时读作juǎn，也写作“捲”。

“卷”与小篆字形“”相切合的本义，在《说文解字》中解为“厀曲也。从卩𢍏声”，指膝关节的后部。由于膝关节后部可以收缩弯曲，因此“卷”可引申为“曲，弯曲”义，可引申为“把物弯折成圆筒形”。杜甫《闻官军收河南河北》“却看妻子愁何在，漫卷诗书喜欲狂”中，“卷”的意思就是（把诗书）收起来。《玉篇·卩部》“卷，收也”，《慧琳音义》“收卷也”，都是对动词“卷”的意义诠释。显然，贯穿名词、形容词、动词“卷”的核心意义就是“弯曲”，由此可知，动词“卷”的隐含义是“弯曲”。掌握了“卷”的隐含义，有助于准确理解词义，从而深入理解诗词的意象和思想内涵。

“卷”的隐含义“弯曲”，决定了卷的对象一般可以弯曲变形。

如李贺《雁门太守行》“半卷红旗临易水”和李清照《醉花阴》“莫道不销魂，帘卷西风，人比黄花瘦”，其中“卷”的对象“红旗”和“帘”都容易弯曲变形。“半卷红旗”意思是在凛凛寒风中，红旗被吹得好像卷起了一半，不得平展，意象非常生动，使读者好像看到了战旗在狂风中猛烈翻卷的样子，从而深刻理解环境的恶劣和战士们不畏困难、勇往直前的战斗精神。“帘卷西风”是帘子被风吹得向上翻卷，西风进来，吹到“比黄花瘦”的思妇身上，意境多么凄凉！思妇多么孤苦、令人怜惜！

风不仅能够使质地较软的帘子和旗帜弯曲翻卷，而且可以把一些东西向上撮起、带飞或裹住。这时候“卷”的意义不是使事物原地弯转翻腾，而是使之飞离原地，在空中弯转翻腾。如杜甫《茅屋为秋风所破歌》“八月秋高风怒号，卷我屋上三重茅”，意思是八月怒号的秋风把我屋顶上的茅草吹到空中，“卷”的隐含义“弯曲”具体表现为茅草在狂风中弯曲翻腾的样子，意象更为具体传神。岑参《白雪歌送武判官归京》“北风卷地白草折”中“卷”的宾语是“地”，但是“卷”的隐含义“弯曲”决定了“卷”的对象不是大地本身，因为风不能把大地吹得弯曲，“卷”的对象应该是地面上的尘土、碎屑等零碎杂物。这句诗的意思是草被风吹断，飞离地面与尘土等一起被北风吹得在空中弯曲翻腾，意象非常形象、生动，使读者对西域恶劣的自然环境产生非常深刻的认识。

能做出“卷”动作的还有波涛，如苏轼《念奴娇·赤壁怀古》中的“乱石穿空，惊涛拍岸，卷起千堆雪”，柳永《望海潮》中的

“云树绕堤沙，怒涛卷霜雪”，两处“卷”的动作发起者分别是有巨大的冲击力的“惊涛”“怒涛”，“卷”的对象“千堆雪”“霜雪”都是指白色浪花。“卷”的隐含义“弯曲”把浪花向上弯曲翻卷的动态形象地表现出来，极具画面感，展现了波涛的巨大冲击力和不可抗拒的气势。

还有，声势浩大、快速行进的车马也可以产生“卷”的动作。如苏轼《江城子·密州出猎》“千骑卷平冈”中，“卷”的意思是马蹄把平坦山冈上的沙土裹挟到空中，形成沙土在空中翻腾的景象。把平冈上的沙土翻卷到空中的不是风，也不是波涛，而是奔腾的“千骑”，这形象地表现了作者率领“千骑”纵马奔腾的宏大场面，体现了“倾城随太守”出猎的浩荡气势。

解诗

酬乐天扬州初逢席上见赠①

刘禹锡

巴山楚水凄凉地，二十三年弃置身。②
怀旧空吟闻笛赋，到乡翻似烂柯人。③
沉舟侧畔千帆过，病树前头万木春。
今日听君歌一曲，暂凭杯酒长精神。

【注释】

①酬：答谢，这里是以诗相答的意思。乐天：指白居易。

②巴山楚水：刘禹锡曾经先后被贬谪到朗州、连州、夔州、和州等地。夔州古代曾属于巴郡，朗州、连州古代曾属于楚国。巴山楚

水，这里是泛指。弃置身：指遭受贬谪的诗人自己。

③闻笛赋：指西晋向秀的《思旧赋》，向秀与嵇康、吕安交好，后嵇康、吕安被司马昭杀害，向秀经过嵇康旧居，听到邻人吹笛，勾起对故人的怀念，因此写赋追念他们。烂柯人：指晋人王质。南朝梁代任昉《述异记》载，晋人王质上山砍柴，看见几个童子边下棋边唱歌，王质就听了起来。童子给他一枚像枣核一样的食物含在口中，他便不觉得饿。过了一会儿，童子问，怎么还不走？王质站起来，发现手中的斧把已经朽烂。回到村里，他才知道时间已过了一百年，同龄人都已经亡故。刘禹锡借这个典故表达世事沧桑、人事全非，暮年返回洛阳恍如隔世的心情。

这首诗是唐代诗人刘禹锡于敬宗宝历二年（826）冬罢和州刺史后，在回洛阳途中与罢苏州刺史的白居易在扬州初会时所作。由“酬”“见赠”可以看出，这首诗是针对白居易为他写的诗而作的酬答。

开篇“巴山楚水凄凉地，二十三年弃置身”直接写明自己被贬的地方是巴山楚水、被贬谪外放的时间是二十三年。“凄凉地”“弃置身”表现了诗人长期谪居的痛苦经历和抑制已久的愤激心情，具有较强的艺术感染力。诗人因参加王叔文领导的政治革新运动而遭到迫害，在宦官和藩镇的联合反扑下，顺宗让位给宪宗，王叔文被杀，他自己则先贬到朗州（今湖南常德），再贬连州（今广东连州），调夔州（今重庆奉节）、和州（今安徽和县），未离谪籍。朗州、连州在战国时是楚地，夔州在秦、汉时属巴郡，由于楚地多水、巴郡多山，因此“巴山楚水”泛指他的贬谪地。

“翻”字出现在颔联“怀旧空吟闻笛赋，到乡翻似烂柯人”中，这里用了两个典故，一个是“闻笛赋”，另一个是“烂柯人”。前半句借“闻笛赋”典故委婉表达了诗人对受害的战友王叔文等的悼念，一个“空”字深刻表现了诗人的无奈与伤感。“翻”的隐含义“反复变动”在这里体现为诗人经历了世事的变迁更替，回到家乡已人事全非，与“烂柯人”典故组合，形象地表达了世事沧桑，暮年返回洛阳恍如隔世的心情，抒发了诗人对岁月流逝、人事变迁的无限感叹。

颈联“沉舟侧畔千帆过，病树前头万木春”是针对白居易赠诗中颈联“举眼风光长寂寞，满朝官职独蹉跎”而作。白居易说同辈人都升迁了，只有刘禹锡在荒凉的地方寂寞地虚度了年华，颇为刘禹锡抱不平。对此，刘禹锡把自己比作沉舟、病树，虽然有惆怅失落之情，却又相当达观。他用“沉舟侧畔千帆过，病树前头万木春”劝慰白居易不必为自己的寂寞、蹉跎而忧伤，对世事的变迁和仕宦之路的沉浮表现出豁达的襟怀。因为这两句诗形象生动，至今人们仍常常引用它，并赋予它新的意义，以之说明新事物必将取代旧事物。

尾联“今日听君歌一曲，暂凭杯酒长精神”点明了酬答白居易的题意，表达诗人面对挫折不会消沉，而是更加振奋的精神。

朝天子·咏喇叭[①]

王磐

喇叭，唢呐，曲儿小腔儿大。[②]
官船来往乱如麻，全仗你抬声价。
军听了军愁，民听了民怕。哪里去辨甚么真共假？
眼见的吹翻了这家，吹伤了那家，只吹的水尽鹅飞罢！[③]

【注释】

①朝天子：曲牌名。

②唢呐：与喇叭相似的一种乐器。这里喇叭和唢呐都隐指宦官。

③水尽鹅飞罢：字面意思是水流干涸，鹅也都飞走了。形容把百姓的财产搜刮干净。

这是明代散曲作家王磐的代表作品。明武宗正德年间，宦官当权、欺压百姓，是历史上宦官祸国殃民最严重的时期。当时宦官在交通要道运河上往来频繁，每到一处就耀武扬威、鱼肉百姓。诗人家住运河边，目睹宦官的种种恶行，写了这首《朝天子·咏喇叭》。

开头“喇叭，唢呐，曲儿小腔儿大。官船来往乱如麻，全仗你抬声价”，用喇叭、唢呐比喻宦官，“曲儿小”比喻宦官的地位低下，本是宫中奴仆，没有参政资格；“腔儿大”比喻他们占据要津后的得意忘形、耀武扬威、仗势欺人。诗人用喇叭、唢呐的用途比喻宦官为皇帝所用，气焰嚣张，尖锐地指出阉宦在官船上设喇叭，是为了抬高自己的身价，向百姓示威。

“翻”字出现在“军听了军愁，民听了民怕。哪里去辨甚么真共假？眼见的吹翻了这家，吹伤了那家，只吹的水尽鹅飞罢！”中，这段话的意思是军民听了喇叭都又愁又怕，哪里还顾得上分辨真假，因为他们眼看着许许多多家庭被喇叭“吹伤”“吹翻”，被吹得倾家荡产的悲惨遭遇。“翻”的隐含义“反复变动”在这里比喻宦官政治给各个家庭带来的动荡不安和巨大灾难，形象生动地反映了宦官的恶行给人民造成的巨大压力和痛苦。

题乌江亭①

杜牧

胜败兵家事不期，包羞忍耻是男儿。②
江东子弟多才俊，卷土重来未可知。③

【注释】

①乌江亭：在今安徽和县东北的乌江浦，相传为西楚霸王项羽战败自刎之处。

②不期：难以预料。包羞忍耻：忍受屈辱。

③江东：自汉至隋唐称自安徽芜湖以下的长江南岸地区为江东。才俊：才能出众的人。卷土重来：指失败以后，整顿以求再起。

根据《史记·项羽本纪》载，项羽兵败，乌江亭长备好船劝他渡江回江东，再图发展，他觉得无颜见江东父老，于是在乌江边自刎而死。这首诗是诗人在乌江亭上所写。诗人对于刘邦项羽楚汉之争的历史提出假设性推想，对项羽负气自刎的结局表示惋惜，阐发了要善于抓住机遇、永不言败的道理。

首句“胜败兵家事不期”意思是说胜与败是兵家难以预料的常事，所以诗人认为“包羞忍耻是男儿”，能够包容和忍受羞耻的才是真正的男儿，这是暗批项羽战败自刎的行为体现其胸襟不够宽广，不能算作真正的男儿。

“卷”字出现在“江东子弟多才俊，卷土重来未可知”中，“卷”的本义是“把物弯折成圆筒形”，其中隐含着“弯曲”的意义特点，引申为用巨大力量向上弯曲翻腾的意思。“卷土”的意思是把地上的沙土裹挟到空中翻腾。显然，能做出“卷”的动作的车马要有巨大的力量和气势，因此“卷土”形象地表现了重新组织起来的江东才俊队伍会有多强大，预示着改变结局的巨大可能性，体现了诗人对项羽放弃机遇的深深惋惜。这一联意思是江东子弟中有很多才能出众的人，项羽如回江东重整旗鼓，说不定就可以卷土重来。诗人对项羽失败自刎表示惋惜，同时批评项羽胸襟不够宽广、不善于把握机遇，错失东山再起的机会。

金文

小篆

浮

“浮”指的是“漂在水上”，所以有“向上”但位置不定的意思。

小篆

飘

“飘”有“随风飘荡”的意思。它的字形中包含“票”，“票”在古代原本指“腾起的火光”，因为火光是动态的，所以“飘”也隐含“动”的意思。

说字

《说文解字》中说："浮，泛也。从水孚声。"段玉裁《说文解字注》将"浮，泛也"改为"浮，汎也"，并注明"各本汎作泛，今正"。根据《说文解字》"汎，浮貌""泛，浮也"，可见"泛""汎"均与"浮"意义相近。《玉篇》认为"水上曰浮"，即漂在水上或其他液体上面叫作浮。"漂在水上"的意象使"浮"具有"向上、不固定"的意义特点，因此"浮"的隐含义是"向上、不固定"。白居易《池上》"浮萍一道开"中，"浮"字即漂浮在水面上的意思，"浮萍"这种植物没有根，叶子漂浮在水面上，正与"浮"的隐含义"向上、不固定"相吻合，这可能就是它得名的缘由。范仲淹《岳阳楼记》"浮光跃金，静影沉璧"中，用"浮"来修饰"光"，表现了水面所反射的月光像漂浮在水面上，其"不固定"的隐含义恰当地表现了月光随着水波荡漾跳跃的特点，非常形象生动。

"浮"的隐含义"不固定"又使它有"流动、不固定"的意思，如纪昀《河中石兽》"盖石性坚重，沙性松浮"中"浮"的意思就是不固定、具有流动性。

因为“浮”包含着“不固定”的隐含义，所以常常用来比喻不稳定、不固定等变化莫测的事物，也用来比喻人生的起伏不定。如李白《春夜宴诸从弟桃李园序》“而浮生若梦，为欢几何？”“浮生若梦”意思是虚浮不定的人生就像梦境一样难以把控，表现了人在命运面前的无能为力，用“浮”字可以凸显人生虚浮不定、变化莫测的特点。“浮”和“沉”意义相反，合在一起表示在水中或空中忽上忽下，用来比喻运势的升降、盛衰变化。如文天祥《过零丁洋》“山河破碎风飘絮，身世浮沉雨打萍”中就用“浮沉”比喻运势时起时伏。

“飘”的声符“票”的小篆字形作“”，《说文解字》解为“票，火飞也”。《太玄经注》释为“票，飞光也”。《汉语大字典》把“票”的本义说解为“腾起的火光”。显然，“票”的意义中除了包含“向上”“不固定”的特点外，还有“动”的特点。以“票”为声符的“飘”字，在《说文解字》中解为“飘，回风也”，即“飘”的本义是“旋风”，显然“旋风”也具有“向上”“不固定”“动”的意义特点。可见“票”与“飘”具有同源关系，其共同的核心意义“向上”“不固定”“动”就是“飘”的隐含义。“飘”的隐含义使“飘”进一步引申为“飘荡、飞扬的样子”。“飘飘”则是形容词，意思是随风飞动，其“向上”“不固定”“动”的意义特点还可表现为轻盈而无所羁绊，自由自在。如苏轼《赤壁赋》“飘飘乎如遗世独立，羽化而登仙”，意思是感觉身体轻得似乎要离开尘世向上飘去，有如道家羽化成仙。

吴均《与朱元思书》“风烟俱净，天山共色。从流飘荡，任意东西”，这里用“飘”而不用“浮”，是因为“浮”不具有“动”的特点。从语境“从流飘荡，任意东西”可以看出，小船是动的。“浮”不能反映“动”的特点，而“漂”含有“动”的特点，能够准确表现小船在水上自由漂动的特点，可是作者为什么不用“漂”而用“飘”呢？这是因为“飘”以风为部首，意思是随风而动，比“漂”的随水而动更为自由、轻盈，从而更能凸显小船轻盈飞快、自由自在的特点。杜甫《茅屋为秋风所破歌》“茅飞渡江洒江郊，高者挂罥长林梢，下者飘转沉塘坳”中，“飘”的意思是随风飞舞，即茅草离开屋顶而尚未落在地面上这段时间的状态，与“飘”的隐含义“向上”“不固定”“动”的特点相吻合。

从以上分析可以看出，“飘”与“浮”有共同隐含义“向上、不固定”，“飘”比“浮”多出一个“动”的意义特点，正是这个意义特点，决定了它们用法的不同，如“飘”和“荡”的构词语素都含有“动”的特点，因而可组合成词；而“浮”的意义中不包含“动”的特点，因此不能与“荡”组合成词。“浮”与“飘”的隐含义也可用于解析相关古诗词。

解诗

咏鹅

骆宾王

鹅，鹅，鹅，曲项向天歌。①
白毛浮绿水，红掌拨清波。②

【注释】

①曲项：弯着脖子。项的本义就是脖子。歌：歌唱，这里指长鸣。

②拨：划动。

这是初唐诗人骆宾王七岁时写的一首诗。诗的第一句连用三个“鹅”字，反复咏唱吟咏对象，既增强了感情上的效果，也使其带上活泼有趣的童谣色彩。第二句用动词“曲”形象表现了鹅伸长脖子仰头朝天长鸣的景象。

“浮”字出现在“白毛浮绿水”中。“浮”的意思就是漂浮在水面上，其隐含义为“向上、不固定”，形象展现了鹅在水面上自由自在、不受约束的特点。“白毛”即白色羽毛，用来代指白鹅，“白毛浮绿水”字面意思是长满白色羽毛的鹅漂浮在碧绿的水面上。“红掌拨清波”中，“拨”字准确地表现了鹅在水中用掌划水以至掀起了水波的动作特点。

整首诗动静结合，“红”“白”“绿”各种色彩相互映衬，为读者勾画了一幅色彩明丽的图画。

登岳阳楼①

杜甫

昔闻洞庭水，今上岳阳楼。②
吴楚东南坼，乾坤日夜浮。③
亲朋无一字，老病有孤舟。
戎马关山北，凭轩涕泗流。④

【注释】

①岳阳楼：在今湖南省岳阳市，下临洞庭湖，为游览胜地。

②洞庭水：即洞庭湖。

③吴、楚：春秋时期两国名，其地约在今湖南、湖北、江西、安徽、江苏、浙江一带。坼（chè）：分裂，裂开。这里指辽阔的吴、楚两地被洞庭湖一水分割。乾坤：天地，一说指日月。

④戎马：军马，借指军事、战争、战乱。凭轩：倚着楼窗。涕泗：眼泪和鼻涕，这里指眼泪。

大历三年（768），杜甫漂泊到岳州，暮冬时节登临岳阳楼，诗人有感于眼前雄伟壮阔的景色，结合个人身世的悲凉以及对国事、边事的忧虑，创作了这首诗。

首联“昔闻洞庭水，今上岳阳楼”意思是自己很早就听说过名扬海内的洞庭湖，今日有幸登上湖边的岳阳楼，直接点题“登岳阳楼”，为下面描写岳阳楼上所见所思张目。

“浮”字出现在颔联“吴楚东南坼，乾坤日夜浮”中，这一联意思是洞庭湖把吴楚两地割裂，天地万物和日夜都好像漂浮在湖面上。“浮”的意思是漂浮在水面上，说洞庭湖让天地乾坤都漂浮起来，这是多么大胆的想象、多么壮阔的意境、多么宏大的气魄！而“浮”所包含的隐含义“不固定”和“坼”的割裂之义，也暗示了唐王朝的分裂衰败与国势的不安定，渗透了诗人忧国忧民的思想感情。这种景象自然勾起诗人不能施展抱负的内心痛楚。

于是紧接着的“亲朋无一字，老病有孤舟”，通过展示自己孤舟漂泊、老弱多病，亲朋的消息一点儿也听不到的可悲处境，诗人表达了对自己遭遇的痛心和不平。

最后的“戎马关山北，凭轩涕泗流”，写诗人登岳阳楼时心中想的是国家，表现了诗人因为时局动乱、国家危亡而无可奈何、万分压抑的感情，深刻地显示了诗人晚年的精神痛苦。

登飞来峰①

王安石

飞来山上千寻塔，闻说鸡鸣见日升。②
不畏浮云遮望眼，自缘身在最高层。③

【注释】

①飞来峰：即浙江绍兴城外的宝林山，古代传说此山自琅琊郡东武县（今山东诸城一带）飞来。

②千寻：“寻”是古代长度单位。“寻”的甲骨文“”像一个人伸直两臂测量物体的长度，人伸直两臂时的长度大致相当于其身高，因此一寻大约相当于一个成年人的高度，也就是古代的七八尺，“千寻”是诗人以夸张手法写出飞来峰上古塔之高。

③缘：因为。

在本诗中，诗人通过对自己登临千寻塔远望经历的描写，抒发了其兴奋愉悦的心情和远大的政治抱负。

“飞来山上千寻塔，闻说鸡鸣见日升”，意思是飞来山上有一座高塔，听说站在上面可以在鸡鸣之时看到旭日东升，为下文写自己在飞来峰上的所思所想做了铺垫。

“不畏浮云遮望眼，自缘身在最高层”，字面意思是不惧怕浮云挡住远望的视线，因为自己站在最高处。“浮云”就是飘浮在空中的云，“浮”的隐含义“向上、不固定”不仅与云的位置相吻合，而且表现了云飘浮不定、变化莫测的特点，也暗示了这些“遮望眼”的浮云终究要飘散、离开。古人常用“浮云”比喻奸邪小人，如《新语·慎微》“故邪臣之蔽贤，犹浮云之障日月也”，暗示这些奸邪小人只是一时当道，不会长久得势。可见此处诗人用“浮云”作喻，蕴含着深刻的用意，也表现了他对前途的信心。这句诗也说明了一个非常深刻的哲理：人不能只看到眼前的利益，应该放眼大局。全诗表现了诗人在政治上高瞻远瞩、胸怀改革大志、对前途充满信心、不畏奸邪的勇气和决心。

过零丁洋①

文天祥

辛苦遭逢起一经，干戈寥落四周星。②

山河破碎风飘絮，身世浮沉雨打萍。③

惶恐滩头说惶恐，零丁洋里叹零丁。④

人生自古谁无死！留取丹心照汗青。⑤

【注释】

①零丁洋：又称伶仃洋，在现在的广东省珠江口外。宋祥兴元年（1278）底，文天祥率军在广东五坡岭与元军激战，兵败被俘，被囚禁于船上，曾经路过零丁洋。

②遭逢：遭遇。起一经：起于一部儒家的经典，意思是从读书做官开始。干戈：指古代兵器，这里指战争。寥（liáo）落：荒凉冷落。这里是兵力单薄的意思。四周星：四周年，一年为一周星。文天祥从宋德佑元年（1275）起兵抗元，到宋祥兴元年（1278）被俘，宋祥兴二年（1279）在船上路过零丁洋，一共四年。

③絮：指杨花、柳絮。萍：浮萍。

④惶恐滩：赣江十八险滩之一，在今江西万安。

⑤丹心：红心，赤诚的心。汗青：史书的代称。

这首诗是民族英雄文天祥在被元军俘虏的第二年，即宋祥兴二年（1279）正月过零丁洋时所作。他在诗中概述了自己的身世、命运，表现了慷慨激昂的爱国热情和视死如归的伟大精神。

“辛苦遭逢起一经，干戈寥落四周星”，意思是诗人艰苦的生活经历是从读书做官开始的，以微薄的兵力与元军苦战了四年。“寥落”本义是荒凉冷落，这里指反元的战争力量非常单薄、稀稀落落，没有形成强有力的攻势。

“山河破碎风飘絮”，其中“飘”的意思是“随风飞动”，其隐含义“向上”“不固定”“动”与柳絮被风吹起时飞动的特点十分相符，同时，“飘”隐含的“不固定”“动”的特点在这里表现为不稳定，暗示了大宋江山支离破碎、风雨飘摇的境况就像被风吹动而飞扬的柳絮，完全不能自我把控，衰败的局面无可挽回。“身世浮沉雨打萍”，“浮沉”的字面意思是在水中或空中忽上忽下，用来比喻运势的升降、盛衰变化，这里比喻作者自己身世坎坷时起时沉，就像被暴雨击打的浮萍，漂泊无依、不能自主。这一联分别用“风飘絮”“雨打萍”比喻山河破碎的时局和自己身世的坎坷，把国家的破败与个人的不幸联结在一起，形象地展现了风雨飘摇的政治形势。

国家民族的灾难和个人坎坷的经历使诗人内心极度痛苦，然而在极度不幸和痛苦面前，诗人毫不屈服，最后以磅礴的气势写出了宁死不屈的壮烈誓词。“人生自古谁无死！留取丹心照汗青”，即自古以来，人哪有不死的呢？只要能留得这颗爱国忠心照耀史册就行了。这两句诗大义凛然、深沉从容、笔力千钧、气贯云霄，是流传千古的名句。

一剪梅

李清照

红藕香残玉簟秋。[①] 轻解罗裳，独上兰舟。[②] 云中谁寄锦书来？[③] 雁字回时，月满西楼。[④]

花自飘零水自流。一种相思，两处闲愁。此情无计可消除。才下眉头，却上心头。

【注释】

①玉簟（diàn）：光滑似玉的精美竹席。簟，竹席。

②裳（cháng）：古人穿的下衣，也泛指衣服。

③锦书：书信的美称。

④雁字：群雁飞时常排成“一”字或“人”字，因此词中以雁字称群飞的大雁。

这首词的主旨是倾诉相思和别离之苦，词人以女性特有的敏感将稍纵即逝的真切感受捕捉并形象地表现出来。

“红藕香残玉簟秋”指出这首词的环境背景是荷花凋谢、竹席冰凉的秋天，“残”“秋”衬托了词人的孤独与离愁。“轻解罗裳，独上兰舟”写词人解下绫罗裙，换上便装，独自登上小船。

“云中谁寄锦书来？雁字回时，月满西楼”，写词人在兰舟上仰望天空，涌起怀远之思，盼望锦书到达，于是由天空引出雁足传书的遐想，想象出这样一个场景：排成“人”字形或“一”字形的雁群飞回来时，月已西斜，月光已经洒满了思妇凭栏眺望的西楼。

“花自飘零水自流。一种相思，两处闲愁”，意思是落花自顾自地飘零着，河水自顾自地流淌着。两个人彼此都在思念对方，可又不能互相倾诉，只好天各一方独自愁闷着。“飘零”表现花瓣离开枝头在风中飘扬零落的状态，其中“飘”的隐含义“不固定”“动”形象地表现了花瓣在空中漫无目的飞动的意象，象征诗人无所归依和漂泊不定的处境，表达了词人无力改变现状的无奈，与“一种相思，两处闲愁”的衔接十分自然，情景交融、借景寓情，寄托了词人深深的相思与离愁。

最后词人以“此情无计可消除。才下眉头，却上心头”直抒胸臆，表达自己内心无法排遣的深愁别绪。

旅夜书怀[①]

杜甫

细草微风岸，危樯独夜舟。[②]

星垂平野阔，月涌大江流。[③]

名岂文章著，官应老病休。④

飘飘何所似，天地一沙鸥。

【注释】

①书怀：书写胸中意绪。

②危樯（qiáng）：高高的船桅杆。

③月涌：指波浪翻滚、江水涌动，好像月亮也在随江面涌动一样。

④官应老病休：官职应当是因为年老多病而被罢免。

代宗永泰元年（765）四月，四川节度使严武病逝，杜甫失去依靠，遂于五月携家小乘舟离开成都，沿长江东下，此即他舟行途中夜泊时所作。

“细草微风岸，危樯独夜舟”描写旅途中夜间景象：微风吹着江岸上的细草，竖着高高桅杆的小船在月夜中孤独地停泊着。这里通过写景展示诗人的境况和情怀：像江岸细草一样渺小，像江中孤舟一般寂寞。了解杜甫踏上旅途的背景，可知这里不是空泛地写景，而是寓情于景。

“星垂平野阔，月涌大江流”写旅途夜间远景：星星低垂，平野广阔，月随波涌，大江东流。

“名岂文章著，官应老病休”意思是说自己有点名声，哪里是因为文章好呢；做官倒是可因为年老多病而退休。这是暗示他辞去官职是被迫无奈，正是这种痛苦遭遇，使他感觉自己像“细草微风岸，危樯独夜舟”中的江岸细草一样渺小，像江中孤舟一般寂寞。

“飘飘何所似，天地一沙鸥”是说自己到处漂泊、无所归依，就像天地间一只孤零零的沙鸥。其中“飘飘”的意思是随风飞动的样子，其隐含义“不固定”“动”在这里表现为无所归依和漂泊不定，衬托了诗人暮年孤苦伶仃、漂泊无依的凄苦景况。这种凄苦孤独的处境与“星垂平野阔，月涌大江流”的广阔背景形成鲜明对比，烘托出一个独立于天地之间的飘零形象，使全诗弥漫着深沉凝重的孤独感，从而展现了诗人孤苦伶仃的凄怆心情。

甲骨文

小篆

解

“解”像两只手拽住牛角的样子，在古代原本表示的是解剖动物。解剖动物时要按照动物的结构将其分成几部分，所以“解”隐含“遵从规律”的意思。

金文

小篆

散

“散”可以与“解”组成“解散”一词，它的意思是分离、分散，其中隐含“不完整，零碎”的意思。

说字

“解”的甲骨文作“”，像两手拽住牛角之形，表示正在解剖牛；到小篆，手形构件演变为“刀”，《说文解字》把小篆“”解为“判也。从刀判牛角”。“解”的本义是裂解动物。裂解动物时要按照动物的结构将其分成几部分，因此“解”不仅包含“分、析”之义，也隐含着“遵从规律”的意义特点，可引申为“理解”的意思。如李峤《风》中的“解落三秋叶，能开二月花”，白居易《池上》中的“不解藏踪迹，浮萍一道开”等诗句里，“解”的意思即懂得、知道，隐含着“懂得规律、遵从规律”的意义特点。“不解”就是不懂得、不知道，在白居易的诗中具体表现为小娃还不懂得世事、不遵从世俗的处事方法，因此偷采白莲还在身后浮萍中留下一条长长的水道，具体刻画了小娃不懂得“藏踪迹”的特点，表现了小娃的天真可爱。

“散”字小篆字形作“”，《说文解字》解为“杂肉也。从肉椒声”。王筠《说文解字句读》释为“散字从肉，故说曰杂肉。实是散

碎通用之字，故元应取杂而删肉也”。因此，“散”的本义是分离、分散，其中隐含着“不完整，零碎”之义。

掌握这两个词的隐含义，不仅有助于理解其词义引申规律，而且有助于透彻理解诗词的意象和思想内涵。

解诗

风

李峤

解落三秋叶，能开二月花。①
过江千尺浪，入竹万竿斜。②

【注释】

①解：这里是会、能够的意思。三秋：农历九月，指秋天。二月：农历二月，指春天。

②过：经过。斜：倾斜。

风本来无形，但是又无处不在，可借助外物的变化而展现自身状态，因此有了这首趣味盎然、形象鲜明的咏物诗。风能使晚秋的树叶离开枝干掉落下来，能使早春二月的鲜花盛开绽放，它经过长江时能掀起千尺巨浪，刮进竹林时可把万竿翠竹吹得歪歪斜斜。

“解”本指人的一种有意识行为，本义是裂解动物。它不仅包含着“分”的意义，也隐含着遵从事物本身结构规律的特点，因此引申出“懂得、理解”的意思。这里把风吹落树叶的现象说成懂得、有能力把树叶从树上吹落下来，显然把风看作有意识的人，赋予其人的动作和意识，采用了拟人修辞方法。把风写得充满灵性，十分生动，给人耳目一新的感觉。

四时田园杂兴（其一）①

范成大

昼出耘田夜绩麻，村庄儿女各当家。②

童孙未解供耕织，也傍桑阴学种瓜。③

【注释】

①杂兴：随兴而写，没有固定题材的诗篇。

②耘田：除草。绩麻：把麻搓成线。各当家：各人都承担一定的工作。

③未解：不懂。供：从事，参加。

《四时田园杂兴》是南宋诗人范成大退居家乡后写的一组田园诗，分春日、晚春、夏日、秋日、冬日五组，每组各十二首，共六十首。诗歌宛如描绘农村生活的长幅画卷，展现了农村春、夏、秋、冬四个季节的景色和农民的生活。这是其中的一首，描写了农村夏日生活中的一个场景。

开篇以“昼出耘田夜绩麻，村庄儿女各当家”直接叙述田园生活场景：（男子）白天下田去除草，（女子）晚上搓麻线织布。农村青年男女都不得闲，各司其事、各管一行。

“解”出现在“童孙未解供耕织，也傍桑阴学种瓜”中。它引申为“理解、明白”的意思。“童孙未解供耕织”意思是儿童年龄还小，不理解如何耕田、织布，即还不会耕田、织布。即便如此，他们也要干些力所能及的活儿——“也傍桑阴学种瓜”，即在茂盛成荫的桑树底下学种瓜。这首诗非常形象地描绘出农村的生活景象，表现了儿童的懂事、可爱。

白雪歌送武判官归京

岑参

北风卷地白草折，胡天八月即飞雪。①

忽如一夜春风来，千树万树梨花开。

散入珠帘湿罗幕，狐裘不暖锦衾薄。

将军角弓不得控，都护铁衣冷难着。②

瀚海阑干百丈冰，愁云惨淡万里凝。③

中军置酒饮归客，胡琴琵琶与羌笛。④

纷纷暮雪下辕门，风掣红旗冻不翻。⑤

轮台东门送君去，去时雪满天山路。⑥

山回路转不见君，雪上空留马行处。

【注释】

①白草：西域牧草名，秋天会变成白色。胡天：指西域的气候。

②角弓：劲弓。不得控：拉不开。都护：镇守边疆的长官。

③瀚海阑干：瀚海，沙漠。阑干，纵横的样子。

④中军：主帅率领的军队，这里指主帅的营帐。

⑤辕门：古代军营前以两车之辕相向交接，成一半圆形门，后遂称营门为辕门。

⑥轮台：唐代安西都护府治域，具体地址学术界未有定论。

这首诗的主题是通过歌咏边地雪景来寄寓送别之情。

开头两联写西域野外的风雪，通过北风席卷大地把白草吹折，八月就大雪纷飞，表现西域奇寒的气候特点；并用“忽如一夜春风来，千树万树梨花开”比喻树上落满雪花的样子，比喻新奇形象，成为千古传诵的佳句。

接下来“散入珠帘湿罗幕，狐裘不暖锦衾薄。将军角弓不得控，都护铁衣冷难着”，把视角从野外移到帐内，通过人的感受写天之奇寒。“散”意思是分散，其隐含义“不完整、零碎”形象地表现了雪花被狂风吹散为无数更加细小的水珠或雪碴儿的特点；这些水珠、雪碴儿透过珠帘进入帐内而四散飞溅，打湿了罗幕。在这风雪交加的天气中，狐裘也不够暖和，锦被更是显得太单薄；将军的角弓冻得太硬难以拉开，都护的铁甲冰冷难以穿上身。

然后诗人又把视角移至帐外，为送别设置了特定环境。“瀚海阑干百丈冰，愁云惨淡万里凝”写沙漠上结冰百丈，裂纹纵横交错，而大片色彩暗淡易于引起愁思的烟云仿佛被冻得凝固了，在空中一动不动。在这种环境下，“中军置酒饮归客，胡琴琵琶与羌笛”，即主帅在帐中摆酒为归客饯行，并演奏胡琴、琵琶、羌笛来助兴。

最后写大雪中送武判官出营门。“纷纷暮雪下辕门，风掣红旗冻不翻。轮台东门送君去，去时雪满天山路。山回路转不见君，雪上空留马行处。”傍晚辕门前大雪落个不停，把湿透的红旗冻成了硬硬的冰块，狂风猛烈地拉扯着它，它却丝毫不能翻飞飘动。在这样寒冷的天气中，诗人在轮台东门送武判官回京，大雪盖满了整个天山路。山路迂回曲折已看不见人，雪上只留下一串马蹄印迹。

这首诗通过不同视角下、不同地点的雪景描写，将西域的严寒表现得十分生动传神，使人如临其境；对送别场面的客观描述，则使人在平实中感受了一种十分动人的离情别意。

舟夜书所见

查慎行

月黑见渔灯，孤光一点萤。①

微微风簇浪，散作满河星。②

【注释】

①孤光：孤零零的灯光。

②簇：拥起。

“舟夜书所见”意思是夜里在小船上书写所见到的景象，主要对倒映在水中的渔火化作满河繁星的场景进行了白描式勾勒。

开头用“月黑见渔灯，孤光一点萤”将渔火置于漆黑的背景之下，用比喻手法，说茫茫黑夜中的一点渔火就像萤火虫一样发出微光。一个“孤”字表现了浓暗的夜色中一灯如豆的场面，也写出环境的寂寞、单调，寄寓着诗人内心茫然无奈的情感。

“散”字出现在“微微风簇浪，散作满河星”中。“散”的意思是分离、分散，其隐含义“不完整、零碎”形象地体现了渔火由一点散作千万点碎光的变化，非常传神。“簇”的意思是拥簇、簇动，形象地表现了平静的水面被微风吹起层层波纹的动感。这一联的意思是风儿微微吹来，水面涌起层层细波；渔灯微光在水面上散开，好像河面上洒落了无数的星星。

这首诗极具画面感，由静到动地为读者勾画了一幅独特而又令人神往的舟夜渔火图，使读者得到一种精神上的愉悦和满足。

春夜洛城闻笛[①]

李白

谁家玉笛暗飞声，散入春风满洛城。[②]

此夜曲中闻折柳，何人不起故园情。[③]

【注释】

①洛城：今河南洛阳。

②玉笛：笛子的美称。暗飞声：声音不知从何处传来。

③折柳：即《折杨柳》笛曲，曲中表达了送别时的哀怨感情。故园：指故乡、家。

“春夜洛城闻笛”点明了闻笛的时间和地点，主要表达了作者客居洛阳时被深夜笛声引发的思乡之情。

首联“谁家玉笛暗飞声”意思是不知从谁家飞出了笛声。一个“暗”字说明吹笛人不曾露面，大家不知道吹笛人是谁。“散入春风满洛城”，“散”的意思是分散，其隐含义“不完整、零碎”在这里表现为笛声随着春风传到各个不同的地方，即声音由一处发出而传到千万个不同地方，使全城人都听到这优美的旋律。“散”的隐含义把无形的笛声传播的过程刻画得极为形象、生动、传神，颇具画面感。

“此夜曲中闻折柳”说明吹笛人吹奏的是著名的《折杨柳》，诗人从笛声中不仅听出了乐曲的名称，而且听出了离别的场景和情绪，激起了蕴藏在心底的乡情。“何人不起故园情”直接点明诗人写夜间笛声的目的，即因为笛声勾起了诗人的思乡之情。

六月二十七日望湖楼醉书①

苏轼

黑云翻墨未遮山，白雨跳珠乱入船。②
卷地风来忽吹散，望湖楼下水如天。③

【注释】

①望湖楼：在杭州西湖边。

②翻墨：像墨汁一样的黑云在天上翻卷。遮：遮盖，掩盖。跳珠：形容雨点像珍珠一样在船中跳动。

③卷地风：风从地面卷起。

这首诗是作者在六月二十七日于望湖楼上饮酒时对所见到的西湖山雨突至和雨过天晴景色的描写，描绘了西湖上一场来去匆匆的暴雨。

作者先从暴雨来临前写起。“黑云翻墨未遮山”用浓浓的墨汁翻转形象地比喻天上黑云翻滚的样子，“未遮山”说明远处山巅在翻腾的乌云中依稀可辨。

“白雨跳珠乱入船”用比喻手法对暴雨进行了描写，说白色的雨点就像颗颗跳动的珍珠从天而降，胡乱地砸在船上。

“卷地风来忽吹散”写正在人们感受暴雨壮观场面的时候，一阵狂风从地面上席卷而来，一下子吹散了乌云和大雨。“忽”字表现了狂风来得急、暴雨去得快的突然性。“散”的隐含义“不完整、零碎”在这里形象地描绘了大块乌云被狂风吹得散碎而消失、暴雨被狂风吹得分散离去的过程。

“望湖楼下水如天”描写雨过天晴后望湖楼下水平如镜的场面。“水如天”用天空的平静明朗比喻水面的平静，表现水天一色的雨后景象。此时风、云、雨统统不知哪里去了，方才的一切好像不曾发生似的。

整首诗描写了天气变化的神速，云翻、雨泻、风卷、天晴，使人目不暇接，颇有戏剧性，令读者产生一种身临其境的感觉。

甲骨文

小篆

尽

“尽”的意思是“终结”，它的字形就像手执毛刷洗刷器皿内壁，表示“饮食已经吃喝完了”。由于吃喝时，器皿中的食物会经历一个逐渐减少的过程，因此“尽”可以表示“逐渐减少的动态过程”。

小篆

灭

“灭”也有“终结”的意思，但在古代，它原本的意思是“熄火，灭火”，由于灭火时不能留下一点火种，“灭”还隐含“没有剩余”的意思。

说字

“尽”的甲骨文作“”，像手执毛刷洗刷器皿内壁之形，表示饮食已尽。《说文解字》根据小篆字形把“尽”说解为“器中空也”，这是从食器的角度对“尽”的字形构意的说明。据此，“尽”的古文字构意可说解为“饮食已经吃喝完了，食器空了”。从这个构意不仅可以提取出“完、终”等显性意义，还可以提取出其潜在的隐含义——“逐渐减少”的动态特点。根据生活经验，器皿中的饮食总有一个由多到少、由大到小的变化过程，因此我们将“逐渐减少的动态过程”看作“尽”的隐含义。加上隐含义后，“尽”的意义就可以理解为“逐渐减少直至完全终结”。

如李白《渡荆门送别》中的“山随平野尽”，按照字典对“尽”的释义，“山随平野尽”意思是山已经消失了，眼前是一望无际的低平的原野。这样解读不能体现山势逐渐变化的特点，介词“随”的意义也无法落到实处，因为“随平野”的意思是“随着平坦的原野”，其修饰的动词应具有动态特点。如果把“尽”的隐含义“逐渐减少的动态过程”融入诗句解释中，则呈现在读者眼前的是沿途山势逐渐由高到低，直至完全消失于平野之中，与广阔平坦的田野融为一体的画面，意境十分开阔，而且极具动态感。这与“白日依山尽”中“尽”的用法异曲同工。“白日依山尽”展现了太阳落山时逐渐被山遮挡直至完全隐没不见的纵向变化；“山随平野尽”表现了从蜀地到楚地沿途山势逐渐变低、变小直至完全化为原野的横向变化。

李清照《如梦令》“兴尽晚回舟”中，“尽”的隐含义“逐渐减少的动态过程”说明作者已经游赏相当长一段时间了，在玩赏的兴致得到充分的满足之后，才掉转船头往回走。因为天太晚了，又喝得大醉，以至她找不到回家的路，“误入藕花深处”，于是才有了“争渡，争渡，惊起一滩鸥鹭”这一极具画面感的景象。“尽”字生动地展现了这次游玩带给词人的巨大惊喜和深深陶醉，同时也体现出作者贪玩活泼的天性，表达了作者对少年快乐时光的怀念之情。

白居易《观刈麦》“家田输税尽”中，“尽”的隐含义“逐渐减少的动态过程”说明贫妇人的田产是因为沉重的赋税而逐渐被卖光的，不是由于突然的意外或灾难，这就言简意赅地揭示了封建统治阶级用沉重赋税压榨百姓的本质，表达了诗人对劳动人民的深切同情。

杜甫《登高》“不尽长江滚滚来”中，“尽”是形容词，也有“逐渐减少”的隐含特点。“不尽长江”意思是“一直向前奔流、永远也流不完的长江水”。“不尽长江滚滚来”的意思是一直奔流却永远也流不完的长江水翻滚奔涌、扑面而来，与上句“无边落木萧萧下”相互呼应，展现了一个宏伟阔大的壮丽场面，为下文作者直抒胸臆提供了一个广阔、悲凉、雄壮的背景。

李白《闻王昌龄左迁龙标遥有此寄》“杨花落尽子规啼”中的“尽”也是形容词，用来修饰和补充说明动词“落”的结果和状态。把“尽”包含的隐含义“逐渐减少的动态过程”显性化，则“杨花落尽”展现给读者的是杨花纷纷飘落直至彻底掉完的动态景象。张籍《秋思》“复恐匆匆说不尽”的“尽”也是形容词，其隐含义“逐渐减少的动态过程”表明“复恐匆匆说不尽”是一个动态过程，可以让人联想到写信人有好多话要和家人说，一句接一句地写，却还担心自己匆忙之间仍有话没有写出来，这样就形象地表现了漂泊游子对家乡亲人的思念之情。

通过以上分析可以看出，不管是动词还是形容词“尽”，其隐含义“逐渐减少的动态过程”都可以使相关诗词所描写的意象更具体、更形象、更具画面感，有助于读者理解诗词所表现的思想内容和艺术特色。

需要说明的是，词的隐含义具有活跃性和不稳定性，随着词义的引申发展，一个词的隐含义会逐渐脱离。“尽”引申为副词时，其隐含义“逐渐减少的动态过程”就完全脱离这个字了。如杜甫《羌村三首》“兵戈既未息，儿童尽东征”中，“尽”是表示范围的副词，强调所有的儿童都去东征了，没有剩余和例外，隐含义“逐渐减少的动态过程”完全消失。同样，罗隐《蜂》中的“无限风光尽被占”，毛泽东《七律·长征》中的“三军过后尽开颜”里，“尽”也是副词，其隐含义已完全消失。

“灭”本义是“熄火、灭火”。由于灭火时不能留余火，一定要彻底熄灭，因此“灭”由本义也可引申为“终尽、空无”。显然，源于“灭”的字形构意并且能够贯穿其引申脉络的词义特点是“没有剩余”，也就是说“灭”的隐含义是“没有剩余”。

“灭”和“尽”在“终结”意义上可以成为同义词，它们的意义差异主要在隐含义上：“尽”隐含着“逐渐减少的动态过程”，“灭”隐含着“没有剩余”。将“尽”“灭”的隐含义揭示出来不仅有助于辨析两字意义和用法的差异，还可以通过将隐含义融入诗词理解中，使诗词意象更为生动丰富、更有画面感，从而让读者深刻理解诗词的思想内涵。

解诗

黄鹤楼送孟浩然之广陵①

李白

故人西辞黄鹤楼，烟花三月下扬州。②
孤帆远影碧空尽，唯见长江天际流。③

【注释】

①黄鹤楼：中国著名的名胜古迹，传说三国时期的费祎于此登仙乘黄鹤而去，故称黄鹤楼。之：往、到达。广陵：即扬州。

②故人：老朋友，这里指孟浩然。辞：辞别。烟花：形容柳絮如烟、鲜花似锦的春季景物，指艳丽的春景。下：顺流向下而行。

③碧空：碧蓝的天空。唯见：只看见。天际：天边，天边的尽头。

李白和比他年长十二岁的孟浩然是挚友。开元十八年（730）三月，李白得知孟浩然要去广陵（今江苏扬州），约孟浩然在江夏（今武汉江夏区）相会。几天后，孟浩然乘船东下，李白亲自送他到江边，送别时写下了这首诗。

这是一首人们耳熟能详的诗，理解诗歌所描写的意境对大部分人而言也没有什么困难。我们这里从“尽”的隐含义出发深入理解诗歌，进而解析整首诗的思想和艺术特色。

《现代汉语词典》中，“尽”的义项包括“完”“死亡”“达到极端”“全部用出”“用力完成”“全；都”“所有的”。如果只依照字典释义，“尽”的意思是“竭，完”，那么“孤帆远影碧空尽”描写的意象便是静态的，展现在读者眼前的是碧空尽头已看不见孤帆远影的空阔景象。然而，“尽”描述的并非一种静态的空无状态，它的隐含义“逐渐减少的动态过程”使“尽”的词义中包含了一种动态的特点。如果把“尽”的隐含义揭示出来并融入对诗句的理解，那么“孤帆远影碧空尽”描绘的就是船帆由近及远，帆影由大到小，直至完全消失在碧蓝天边的生动景象。这样一来，整首诗的意境也就在读者眼前活起来、动起来：老朋友孟浩然在柳絮如烟、鲜花似锦的阳春三月辞别黄鹤楼，前往扬州游历；作者伫立在黄鹤楼上目送老朋友的船帆由近及远，直至完全消失在碧蓝的天边，最后只看到滚滚江水在天边奔流。显然，“尽”的隐含义不仅使整首诗的意境在读者眼前生动起来，而且它展现的船帆由近及远直至消逝的动态过程也可使人联想到诗人李白长时间伫立在黄鹤楼上目送老友船帆远去的情景，从而体会诗人对朋友依依不舍的真挚友情。

独坐敬亭山[①]

李白

众鸟高飞尽，孤云独去闲。

相看两不厌，只有敬亭山。

【注释】

①敬亭山：在今安徽宣城北。

这首五绝作于天宝十二载（753）李白秋游宣州时，距他天宝三载（744）被迫离开长安已有近十年时间了。长期的漂泊生活使李白饱尝了人间的辛酸滋味，看透了世态炎凉，从而增添了孤寂之感。这首诗非常含蓄地表达了作者此时的孤寂心情。

“众鸟高飞尽”中“尽”字，字典解释为“完”，按照字典解释，这句诗描写的意象是静态的，展现在读者眼前的是空中没有一只鸟的空寂景象。如果把“尽”的隐含义“逐渐减少的动态过程”融进对诗意的理解中，那么“众鸟高飞尽”展现的意象就成了动态的，呈现于读者眼前的是群鸟向高处飞去，越飞越高、越飞越远，直至无影无踪的生动景象。与之相对的“孤云独去闲”所描绘的景象也是动态的，即天空中最后一片白云正在悠然地向远处飘去。

对着这样的景象，作者产生了什么样的感想呢？“相看两不厌，只有敬亭山。”“厌”的金文字形“”右边是犬，左上是口，左下是肉，合在一起表示犬张大口吃肉，本义是“吃饱、满足”，由“满足”又引申为“嫌弃、厌恶”。“满足”和“嫌弃、厌恶”都是“厌”比较常用的意义。

“相看两不厌”中的“厌”到底是什么意思呢？对“厌”字意义的理解是解析这首诗主旨的又一个关键。如果把“厌”解释为“满足”，“相看两不厌，只有敬亭山”的意思就是“只有敬亭山和我对视着，彼此看不够”。这样解释可以侧面衬托敬亭山的美好可爱，表达作者内心的孤寂落寞，能够说得通，但与前面对“众鸟”和“孤云”的描写联系不够紧密。

如果选择“嫌弃、厌恶”之义，“相看两不厌，只有敬亭山”的意思就是只有敬亭山和作者没有相互嫌弃，实际上是说只有敬亭山没有嫌弃他，这与前面“众鸟高飞尽，孤云独去闲”结合得更为紧密，也就是说前面描写的“众鸟”和“孤云”向远处飞去或飘去是为了离开作者、躲开作者。一个“厌”字非常传神地表现出作者眼中飞鸟和孤云离开的原因是因为嫌弃自己，与“尽”字体现的众鸟飞离的动态感和画面感相互照应、相得益彰。在作者看来，世间万物似乎都有灵性，它们不愿与诗人为伴，远离诗人而去，只留下一个茫茫的广大空间，诗人坐在这样的空间之中，更显孤独、寂寞、渺小。

我们再进一步理解“相看两不厌，只有敬亭山”：敬亭山不会动，是没有办法离开的，诗人说“相看两不厌”，这显然有“自作多情”之嫌。正是诗人的自作多情，衬托出“众鸟”“孤云”的无情。这首诗表面好像在说鸟和云无情，作者真正想表达的却是人的“无情”，这种借喻和象征的手法，使诗人的情感得以外放，他通过“独坐”敬亭山出神的意象，生动形象地表现了自己孤独寂寞的凄凉处境。

总之，这首诗通过诗人独自坐在敬亭山，出神地看着飞鸟和孤云远去的动感画面，借景抒情、寓情于景，把诗人内心的孤独寂寞借助远远离开的“飞鸟”“孤云”和只能静止不动的敬亭山表现出来，情景交融，既有生动典型的意象美，又有深邃的思想内涵，非常巧妙。

登鹳雀楼①

王之涣

白日依山尽，黄河入海流。②
欲穷千里目，更上一层楼。③

【注释】

①鹳雀楼：旧址在山西永济，楼高三层，下临黄河。传说常有鹳雀在此停留，故有此名。

②白日：太阳。依：依傍。

③穷：尽，使达到极点。千里目：眼界宽阔。

这首诗人们都非常熟悉。诗歌主要表现诗人在登高望远中展现出来的胸襟抱负，反映了盛唐时期人们积极向上的进取精神。

“白日依山尽”中“尽”字，字典、辞书大都解释为“竭，完”，只依字典释义，则这句诗描写的意象是静态的，展现在读者眼前的是落日余晖映照下的山峦。然而，这样解释，“依”字的意义没法落到实处。“依”的意思是“依傍、紧挨着”，“依山”是介宾短语，意思是“紧挨着山”，其所修饰的“尽”应该具有动态特点。而“尽”的“竭，完”之义没有表现动态过程，因此，直接用“竭，完”解释“尽”并不合适。如果把“尽”的隐含义“逐渐减少的动态过程”融入对诗句的解释中，则“白日依山尽”描写的意象是动态的，展现于读者眼前的是夕阳依傍着西山慢慢下沉，直至完全被山峰遮住的动态意象，与下面“黄河入海流”所描绘的滔滔黄河朝着东海汹涌奔流的景象交相辉映，形成一个开阔动感的壮观景象，气势非常宏大，为诗人进一步阐明登高望远联想到的人生哲理做好铺垫。下文“欲穷千里目，更上一层楼”，字面意思是要想看得更远，就要站得更高些，揭示了一个深刻的哲理——登高才能望远，望远必须登高，同时表现了诗人不凡的胸襟抱负，反映了盛唐时期人们昂扬向上的进取精神和永无止境的探求愿望。

送元二使安西①

王维

渭城朝雨浥轻尘，客舍青青柳色新。②
劝君更尽一杯酒，西出阳关无故人。③

【注释】

①元二：作者的友人元常，在兄弟中排行老二，故名“元二”。使：到某地；出使。安西：指唐代安西都护府，在今新疆维吾尔自治区库车市附近。

②渭城：秦时咸阳城，汉代改称渭城，在今西安市西北、渭水北岸。浥：湿润。客舍：旅店。

③更：再。阳关：汉朝设置的边关名，故址在今甘肃省敦煌市西南。故人：老朋友。

这是一首送别诗。安西，是唐代中央政府为统辖西域而设的都护府的简称。王维所处的年代，各民族冲突加剧，唐王朝不断受到西面的吐蕃和北方的突厥的侵扰。此诗写于作者送别好友元二出使安西守护边疆之时。

“渭城朝雨浥轻尘，客舍青青柳色新”写明送别的地点在渭城，当时是清晨，空中飘着小雨，打湿了渭城的浮尘，客舍周围的青青柳树，雨后显得格外清新。

“劝君更尽一杯酒，西出阳关无故人”点明送别主题。诗人劝好友元二在临行前再饮一杯离别的酒，因为离开阳关之后，在那里就见不到老朋友了。此处的“尽”不宜译为“干”或“一饮而尽”，因为这样解释主要凸显的是西出阳关之人的豪迈，而不是表现诗人对西出阳关之人的留恋，与全诗的主题不符。把“尽”字的隐含义“逐渐减少的动态过程”融进对“劝君更尽一杯酒”的解释中，则可看出这句诗的意思更靠近诗人以“西出阳关无故人”为理由劝说朋友喝一杯酒，这是为了让朋友再多停留一会儿，表现了诗人对出使安西的元二的依依不舍。可见，“尽”的隐含义对于准确理解诗歌的意义和作者的思想感情具有不可忽视的作用。

早寒江上有怀

孟浩然

木落雁南度，北风江上寒。①

我家襄水曲，遥隔楚云端。②

乡泪客中尽，孤帆天际看。③

迷津欲有问，平海夕漫漫。④

【注释】

①木落：树木的叶子落下来。雁南度：大雁南飞。

②襄（xiāng）水曲（qū）：在汉水的转弯处。曲，江水曲折转弯处，即河湾。楚云端：长江中游一带云的尽头。

③天际：天边。

④迷津：迷失道路。津，渡口。平海：宽广平静的江水。漫漫：江水广大之貌。

“早寒江上有怀”点明这首诗要借景抒情，所借之景是“早寒江上”的景象，写景的目的是抒怀。

首联“木落雁南度，北风江上寒”描绘了落木萧萧、鸿雁南翔、北风呼啸、天气寒冷的深秋肃杀景象，为表现诗歌主题做了烘托和铺垫。

颔联“我家襄水曲，遥隔楚云端”点出诗人的故乡在汉水流经襄阳的转弯处，与这里相距遥远，中间隔着云海茫茫的楚地。

“尽”字出现在“乡泪客中尽”中，其意思是“终、完”，隐含着“逐渐减少的动态过程”之义，把隐含义融进对诗句的理解中，则这句话包含着诗人长期漂泊在外，因思念家乡而经常流泪，已经把眼泪一点点流干了的意思，表现了客旅生活的无比辛酸。“孤帆天际看”是作者的想象，描写家人遥望着“天际”的“孤帆”，盼望诗人回家的情景，从侧面表现了诗人强烈的思乡之情。

最后一联“迷津欲有问，平海夕漫漫”用孔子使子路问津的典故和黄昏时漫漫无边的滔滔江水的意象，烘托出诗人面对茫茫前路的愁绪。

赠刘景文

苏轼

荷尽已无擎雨盖，菊残犹有傲霜枝。①
一年好景君须记，正是橙黄橘绿时。

【注释】

①擎雨盖：喻指荷叶。擎，举，向上托。傲霜：不怕霜冻，坚强不屈。

这首诗作于元祐五年（1090），是苏轼送给好友刘景文的一首勉励诗。苏轼在杭州任职期间，与刘景文交往很深。诗人一方面视刘景文为国士，写了《乞擢用刘季孙状》予以举荐，另一方面赠此诗以勉励之。

首句“荷尽已无擎雨盖”字面意思是“荷叶败尽，不再像擎起的雨伞”。如果把“尽”的隐含义“逐渐减少的动态过程”融进对诗句的理解中，则可使读者想象出荷叶由盛到衰的变化过程，进一步突出秋末冬初时节景象的萧瑟，与下句“菊残犹有傲霜枝”形成对比，凸显菊花傲霜斗寒的不屈特点，为下文进一步阐明哲理做铺垫。“一年好景君须记，正是橙黄橘绿时”，说明秋末冬初之景虽然萧瑟冷落，但也有硕果累累、成熟丰收的一面，而这一点恰恰是其他季节无法相比的。诗人以此比喻人到壮年，虽已青春流逝，但也到了人格成熟、大有作为的黄金阶段，他以此勉励朋友珍惜大好时光，乐观向上、努力不懈，切勿意志消沉、妄自菲薄。

无题[①]

李商隐

相见时难别亦难，东风无力百花残。[②]
春蚕到死丝方尽，蜡炬成灰泪始干。[③]
晓镜但愁云鬓改，夜吟应觉月光寒。[④]
蓬山此去无多路，青鸟殷勤为探看。[⑤]

【注释】

①无题：唐代以来，有的诗人不愿意起能够表示主题的题目时，常用“无题”当诗的标题。

②东风：春风。

③蜡炬：蜡烛。泪始干：泪，指燃烧时滴落的蜡烛油，这里取双关义，指相思的眼泪。

④晓镜：早晨梳妆照镜子。镜，用作动词，照镜子的意思。云鬓：女子多而美的头发。

⑤蓬山：蓬莱山，传说中的海上仙山，指仙境。青鸟：神话中为西王母传递音讯的信使。殷勤：情谊恳切深厚。探看：探望。

这首诗以女性的口吻抒写爱情心理，在悲伤、痛苦之中寄寓灼热的渴望和坚忍的执着精神，感情境界深微绵邈，极为丰富。

首联“相见时难别亦难，东风无力百花残”意思是相见很难，离别更难，何况是在这东风无力、百花凋谢的暮春时节。诗中情景交融，用百花凋零的暮春景象衬托主人公与相恋之人难以相会，分离时更加难舍难分的痛苦心情。

“尽”字出现在“春蚕到死丝方尽”中，字面意思是“春蚕到死的时候才能把腹中的丝全部吐完”，其中“丝”是双关语，暗指“思念之情到死才能够结束”。“尽”的隐含义“逐渐减少的动态过程”在这里具体表现为春蚕一直不停地吐丝，直到化茧而死才把最后一根丝吐完，比喻对心爱之人的思念之情绵长不绝、至死不渝，与下句“蜡炬成灰泪始干”形成严整对偶。“蜡炬成灰泪始干”中“泪”也是双关，表面指“烛油”，暗指“情泪”，这句话的字面意思是蜡烛一直烧到成灰蜡烛油才流干，其实是在比喻对爱人思念的泪水永远流不完。这两句诗不仅可用来比喻情深谊长、至死不渝，后来又进一步引申出新的意义，即用“蚕吐丝”和“烛流油”的意象比喻劳动者辛苦工作、默默奉献的精神。

颈联“晓镜但愁云鬓改，夜吟应觉月光寒”写女子清晨照镜子时为“云鬓改”而愁苦，即女主人公为自己的憔悴和逐渐衰老发愁，希望为了爱情而永葆青春，并推己及人，想象爱人大概也将夜不成寐，在寒冷的月光下吟诗遣怀。

尾联“蓬山此去无多路，青鸟殷勤为探看”意思是既然男女双方没有办法直接会面，只好请青鸟当使者，替自己殷勤看望对方。青鸟是传说中西王母的使者，蓬山是神话传说中的一座仙山，这里用蓬山象征对方的居处，而以青鸟象征抒情主人公的使者。这个寄希望于神仙的结尾，并没有改变“相见时难”的痛苦境遇，不过是无望中的希望，表现了主人公深深的痛苦与无奈。

武陵春

李清照

风住尘香花已尽，日晚倦梳头。① 物是人非事事休，欲语泪先流。[2]

闻说双溪春尚好，也拟泛轻舟。[3]只恐双溪舴艋舟，载不动许多愁。[4]

【注释】

①尘香：尘土中的落花香气。

②物是人非：事物依旧在，人却不似往昔了。

③双溪：唐宋时有名的游览胜地，在浙江金华，有东港、南港两水汇于金华城南，故曰“双溪”。拟：准备、打算。

④舴艋舟：小船，两头尖如蚱蜢。

这首词是作者南渡后中年孀居时所作，借暮春之景，写出了词人内心深处的苦闷和忧愁。

首句“风住尘香花已尽”，意思是风停下来了，尘土中还弥漫着花香，但是花朵已经凋落殆尽了。其中“尽”的意思是“终、完”，其隐含义“逐渐减少的动态过程”表现了狂风致使花朵不断掉落直至几乎掉光的过程，使读者眼前浮现花朵在狂风中摇曳掉落的动态场景，意象具体、丰富，同时说明了“尘香”产生的原因是狂风把花朵吹落，使之与尘土融在了一起，从而传达了对美好景物遭受摧残的惋惜之情。

“日晚倦梳头”写太阳已经升得很高了，作者却懒得梳妆打扮，表现了她在国仇家恨下难以排遣的凄惨心情。

“物是人非事事休，欲语泪先流”指的是作者环顾周围，丈夫遗物还在，可人却不在了，她睹物思人，不禁悲从中来，感到万事皆休、无穷落寞，抑制不住悲情，想要说话，眼泪却先扑簌而下。

接下来语气突然一转：“闻说双溪春尚好，也拟泛轻舟。”她从旁人处听说双溪的景色还很好，所以打算去双溪泛舟以消解忧愁。可是尚未成行，心绪又转。“只恐双溪舴艋舟，载不动许多愁”，意思是只怕双溪的舟太小，载不动那么多愁苦。这首词后半阕把词人的心理变化过程表现得淋漓尽致，令人荡气回肠、不胜唏嘘。

赋得古原草送别

白居易

离离原上草，一岁一枯荣。①
野火烧不尽，春风吹又生。
远芳侵古道，晴翠接荒城。②
又送王孙去，萋萋满别情。③

【注释】

①离离：青草茂盛的样子。荣：繁荣茂盛。

②远芳：草香远播。侵古道：延伸到远方的一片野草，侵占了古老的道路。晴翠：阳光下翠绿的野草。荒城：荒凉、破损的城镇。

③王孙：本指贵族后代，此处指远方的友人。萋萋：形容草木长得茂盛的样子。

这首诗是诗人未满16岁时写的应考习作，按科考规矩，凡指定、限定的诗题，题目前必须加“赋得”二字。这首诗也是作者的成名作，诗中通过对古原上野草的描绘，抒发作者送别友人时的依依不舍之情。

首联“离离原上草，一岁一枯荣”紧扣题目中的“古原草”，用古原上春草茂盛，然而却每年都要经历春荣秋枯的变化，体现大自然生生不已的规律。

“野火烧不尽”中，“尽”是形容词，意思是“穷尽、终尽”，形容草被“烧”后的结果和状态；把“尽”的隐含义“逐渐减少的动态过程”融进对诗句的理解中，则“野火烧不尽”蕴含着一个野草逐渐变少的变化过程。“烧不尽”包含着广义、狭义两种意象：一种是从广义的视角来看，野火燎原，把大片的野草逐渐烧毁，但总有烧不到的地方，因此说“烧不尽”；另一种是具体到每一根草的狭义视角，野火逐步烧到野草的叶、花、茎，乃至露在外面的草根，但却烧不到深埋在地下的根须，因此说野草是烧不尽的。正是因为“野火烧不尽”，有野火没有烧到的野草，有深埋在地下的野草根须，野草才能“春风吹又生”。一旦春风化雨，野草的生命便会复苏，迅速生长起来，表现出顽强的生命力。显然，“尽”的隐含义不仅可以使野火燎原的意象有点有面地展现在读者眼前，极具画面感和动态感，使对诗歌的理解落到实处，也为下句“春风吹又生”做好了铺垫。

颈联“远芳侵古道，晴翠接荒城”中，“侵”“接”传神地表现出野草四处蔓延的旺盛生命力。最后一联点出这首诗的主旨，“又送王孙去，萋萋满别情”，话题一转，把对野草的描写变为送别的背景，萋萋芳草是离别愁绪的象征，诗人融情于景，使人感觉每一片草叶都包含着离愁别情。此时，“野火烧不尽，春风吹又生”的已不仅是野草，更有那剪不断、理还乱的离愁。

念奴娇·赤壁怀古 ①

苏轼

大江东去，浪淘尽，千古风流人物。② 故垒西边，人道是，三国周郎赤壁。③ 乱石穿空，惊涛拍岸，卷起千堆雪。④ 江山如画，一时多少豪杰。

遥想公瑾当年，小乔初嫁了，雄姿英发。⑤ 羽扇纶巾，谈笑间，樯橹灰飞烟灭。⑥ 故国神游，多情应笑我，早生华发。[7] 人生如梦，一尊还酹江月。[8]

【注释】

①赤壁：指黄州赤壁，又名“赤鼻矶”，在今湖北黄冈。

②大江：指长江。淘：冲洗，冲刷。风流人物：指杰出的历史名人。

③故垒：过去遗留下来的营垒。周郎：指三国时期吴国名将周瑜，字公瑾，少年得志，24岁为中郎将，掌管东吴重兵，吴中皆呼为“周郎”。

④雪：比喻浪花。

⑤小乔初嫁了（liǎo）：《三国志·吴志·周瑜传》载，周瑜从孙策攻皖，“得桥公两女，皆国色也。策自纳大桥，瑜纳小桥”。乔，本作“桥”。赤壁之战距周瑜纳小桥时已经十年，此处言“初嫁”，是言其少年得志、风流倜傥。雄姿英发（fā）：谓周瑜体貌不凡、言谈卓绝。

⑥羽扇纶（guān）巾：古代儒将的便装打扮。羽扇，羽毛制成的扇子。纶巾，青丝制成的头巾。樯橹（qiánglǔ）：这里代指曹操的水军战船。樯，挂帆的桅杆。橹，一种摇船的桨。

⑦故国神游：“神游故国”的倒文。故国，这里指旧地，当年的赤壁战场。神游，于想象、梦境中游历。华发（fà）：花白的头发。

⑧一尊还（huán）酹（lèi）江月：古人以酒浇在地上作为祭

奠。这里指洒酒酬月，寄托自己的感情。尊，通“樽”，酒杯。

这首词是元丰五年（1082）七月苏轼谪居黄州时作，上阕咏赤壁，下阕怀周瑜，最后以自身感慨作结。

词人起笔以宏大的气势歌咏滚滚东流的长江水，境界开阔，在时间和空间两个维度描写了长江水巨大的冲击力。其中“浪淘尽”的“尽”是形容词，用来修饰和补充说明动词“淘”的结果和状态。“淘”的意思是“用水冲洗，除去杂质”，“浪淘尽，千古风流人物”意思是滔滔历史巨浪把千古风流人物都冲刷掉了，没有留下任何痕迹。“尽”的隐含义“逐渐减少的动态过程”在这里展现了千古风流人物在历史上留下的痕迹由深到浅，由有到无，直至最后完全消失的变化过程，不仅使意象更形象、更具体、更生动，也更符合历史事实。

接着借“人道是”疑似之言，把江边故垒和周郎赤壁挂上了钩。“乱石穿空，惊涛拍岸，卷起千堆雪”正面写赤壁景色的雄奇壮美，以令人惊心动魄的惊涛渲染出古战场的气氛和声势。

下阕用“江山如画，一时多少豪杰”承上启下，转入对历史上英雄豪杰的描写。“遥想”把笔锋转向三国时期年少功成、英气勃勃的英雄人物周瑜。词人想象，当年小乔刚刚嫁过来，周公瑾姿态雄俊、意气风发，手里拿着羽毛扇，头上戴着青丝帛的头巾，谈笑之间，曹操的无数战船在浓烟烈火中烧成灰烬。这里表现了周瑜的少年英俊、春风得意、战功卓著，与篇首“风流人物”相应。

结尾“故国神游，多情应笑我，早生华发。人生如梦，一尊还酹江月”，意思是自己神游三国战场，该被人笑是太多愁善感了，以至于早早长出白头发。人生就像一场梦，还是把酒祭献给江中的明月吧。词人自感苍老，同少年得志、卓有建树的周公瑾形成对照，产生了政治理想落空的悲哀，思绪深沉、低回婉转、绵绵不尽。

乞巧①

林杰

七夕今宵看碧霄，牵牛织女渡河桥。②
家家乞巧望秋月，穿尽红丝几万条。

【注释】

①乞巧：古代节日，在农历七月初七，俗称“七夕”，又称“女儿节”“少女节”。传说这一天牛郎和织女在鹊桥上相会，民间活动主要是乞巧。所谓乞巧，就是向织女乞求一双巧手的意思。乞巧最普遍的方式是对月穿针，如果线从针孔穿过，就叫得巧。

②碧霄：云霄，指天边或最高处。

这首诗描写了民间七夕乞巧的盛况。农历七月初七夜晚，俗称“七夕”，又称“女儿节”，是传说中隔着“天河”的牛郎和织女在鹊桥上相会的日子。过去，七夕的民间习俗主要是乞巧。所谓乞巧，就是向织女乞求一双巧手的意思。乞巧最普遍的方式是对月穿针，如果线从针孔穿过，就叫得巧。这一习俗在唐宋时期最盛。

“七夕今宵看碧霄，牵牛织女渡河桥。”这一联意思是一年一度的七夕节到了，大家纷纷仰望浩瀚的夜空，因为传说中的牛郎和织女今晚要渡过鹊桥来相会。

“家家乞巧望秋月，穿尽红丝几万条”，家家户户的女子都仰望着秋月穿起红线，穿过的红线有几万条。其中“尽”是形容词，是“没了，完”的意思，用来修饰和说明动词“穿”的结果和状态。根据字典释义，“穿尽红丝几万条”的意思是穿过的红线都有几万条了，表现的是一个静止的结果；如果把“尽”包含的隐含义“逐渐减少的动态过程”显性化，把它融进对诗句的理解中，那么“穿尽红丝几万条”就包含着一个动态过程，把年轻女子纷纷穿红线乞巧的情景生动地表现出来。

望江南

温庭筠

梳洗罢，独倚望江楼。[1] 过尽千帆皆不是，斜晖脉脉水悠悠。[2] 肠断白蘋洲。[3]

【注释】

①望江楼：楼名，因临江而得名。

②脉脉：默默含情达意的样子，这里是拟人手法。

③肠断：形容极度悲伤愁苦。白蘋：一种开白花的水草，蕨类植物。洲：水边陆地。

这首词主要表现了一位因心爱的人远行而独处深闺的女子的生活状况和内心情感。

“梳洗罢，独倚望江楼。过尽千帆皆不是”写女子梳洗化妆完，独自倚靠在望江楼上眺望远方，然而眼看着上千艘船都一艘一艘过去了，女子所盼望的人依然没有出现。“尽”是形容词，其隐含义“逐渐减少的动态过程”可以将“过尽千帆皆不是”营造成这样一个景象：一个女子倚靠着望江楼，一艘船一艘船地盯着，盼着自己等待的人出现，就这样过去了上千艘船，盼望的人却一直没有出现。这形象生动地表现了女子一次次由希望到失望的过程。

“斜晖脉脉水悠悠”用夕阳下缓缓东流的江水的意象衬托了女子黯然神伤、愁肠百结的心绪，最后用“肠断白蘋洲”直接表现女子的极度痛苦和失望。

三衢道中①

曾几

梅子黄时日日晴，小溪泛尽却山行。②
绿阴不减来时路，添得黄鹂四五声。③

【注释】

①三衢：即衢州，今浙江衢州衢江区，因境内有三衢山而得名。

②梅子黄时：指五月梅子成熟的季节。泛：乘船。却山行：再走山间小路。却，再。

③绿阴：苍绿的树荫。阴，树荫。不减：并没有少多少，差不多。

“三衢道中”意思是在去衢州的道路上。这首诗是诗人游览三衢山时所作。

“梅子黄时日日晴，小溪泛尽却山行”点明游览的时间和环境。梅子成熟变黄的时候本来正是梅雨季节，这一年却天天都是晴好的天气，于是诗人乘着小船沿着小溪去游览，到了小溪的尽头，又改走山路继续前行。其中“尽”是形容词，指穷尽，若将其隐含义“逐渐减少的动态过程”融进对诗句的理解中，那么“小溪泛尽却山行”中就暗含了对乘小船前行的动态变化过程的描述。

“绿阴不减来时路，添得黄鹂四五声”中，“减”的意思是减少，“不减来时路”意思是树荫不比来时的路上少，意味着诗人走的返程之路是不同于来时路的。返程路上，一路浓荫并不比来时的路上少，说明来时路上也是一路浓荫。除此之外，返程路上甚至还增添了几声黄鹂的欢叫。通过一路上爽静宜人的绿树浓荫和返程途中伴随的黄鹂的悦耳鸣声，诗人渲染出自己舒畅愉悦的情怀。“不减”二字将来时路上与返回路上的树荫合并在一起进行描绘，构思非常巧妙。

江雪

柳宗元

千山鸟飞绝，万径人踪灭。①
孤舟蓑笠翁，独钓寒江雪。②

【注释】

①绝：无，没有。径：小路。踪：脚印，踪迹。
②蓑笠（suōlì）：蓑衣和斗笠。

这首诗创作于柳宗元谪居永州期间。险恶的环境并没有把诗人压垮，他用诗歌展现了自己的理想和志趣。

“千山鸟飞绝，万径人踪灭”，其中“绝”“灭”都有“终尽、空无”之义，与“尽”可构成近义关系。但这两个字的隐含义不同：“尽”包含着“逐渐减少的动态过程”之义，而“绝”和“灭”不包含上述意义，侧重于描述静态的结果。“灭”的隐含义是“没有剩余”，侧重于消失的彻底性。“千山鸟飞绝，万径人踪灭”中，“绝”“灭”的特点决定了这句诗所描写的意象是静态的：座座山峰看不见飞鸟的形影，条条小路也都没有人们的足迹，这便展现了一种空寂的意境。“灭”的隐含义“没有剩余”在这里具象化为雪后“小路上无一人”的空寂景象，为孤舟蓑笠翁的出现提供了一个银装素裹、寂静空旷的广阔背景。

作为画面主体的“孤舟蓑笠翁，独钓寒江雪”正是在以上辽远空寂的广阔背景下得到凸显的：一个老渔翁穿着蓑衣、戴着笠帽，独自乘一叶孤舟在寒江上垂钓。整个画面充满洁、静、寒冷的气氛，象征了诗人清高脱俗、兀立不群的个性特征；联系诗人当时的处境，人们则能够从中体会作者被贬永州以后不甘屈从而又备感孤独的心理状态。

“灭”与“尽”隐含义的不同，可以通过对李白《独坐敬亭山》和柳宗元《江雪》相关意象的比较进一步阐明。首先，“尽”的隐含义“逐渐减少的动态过程”使“众鸟高飞尽”呈现为一个众鸟越飞越高、越飞越远直至完全看不见的动态场景，从而表现出群鸟因“厌”我而离开的意境；而“绝”和“灭”侧重的是静态的结果或状态，不能表现群鸟离我而去的动态特点，因此不能把“尽”换为“绝”或“灭”。相反，“灭”“绝”的“终尽、空无”义是静态的，“千山鸟飞绝，万径人踪灭”描绘了雪后天空中一只鸟都没有，大地上连一个人影也没有的寂静状态，凸显了雪后大地和天空一片空寂的特点，因此这里用“灭”“绝”非常准确生动；如果把“绝”“灭”换成“尽”，则“千山鸟飞‘尽’”或“万径人踪‘尽’”之中都会暗含着动态的变化过程，不太适合表现雪后的空寂场景，因此这里的“绝”“灭”都不能换成“尽”。

小篆

惊

“惊”有“惊恐”的意思，它在古代原本指马匹由于突然受到刺激而精神紧张，行动失常。马在受惊后会乱跑乱窜，因此“惊”隐含“动作猛烈”的意思。

说文古文

小篆

恐

“恐”的意思是“畏惧”，指的往往是对尚未发生的事情的担忧，因此包含“还没有成为现实”之义。

说字

“惊”的繁体字作“驚”,《说文解字》解为“马骇也”,即马因受到突然的刺激而精神紧张、行动失常。显然,马受惊的一个典型表现就是乱跑乱窜,因此“惊”隐含着“动作猛烈”的意义。把“惊”的隐含义揭示出来有助于理解相关诗文的意象和主旨。如《岳阳楼记》中“至若春和景明,波澜不惊”,把“惊”的隐含义“动作猛烈”纳入对其的理解,则“波澜不惊”指水面上没有大的波澜,可以释为微波荡漾,但不可释为水平如镜,因为不惊不等于不动,只是动作不“猛烈”。“惊”隐含的“动作猛烈”意义有各种不同的表现,人们可根据相关语境将其所描写的意象想象出来,如胡令能《小儿垂钓》中的“怕得鱼惊不应人”,根据“惊”的隐含义“动作猛烈”,人们可通过想象补充鱼“惊”的具体表现——“突然快速游走”,使自己对诗的意象的理解更加丰富生动。

《木兰诗》中的“出门看火伴,火伴皆惊忙”里,“火伴皆惊忙”

有人解释为“伙伴们都一脸惊讶”。如果把“惊”的隐含义“动作猛烈”融进诗句的解释中，则可想象出伙伴们看到恢复女儿身的木兰会有怎样的动作、表情，会是怎样的忙乱，这样更有助于准确理解诗意，从侧面揭示木兰作为巾帼英雄吃苦耐劳、勇敢无畏的精神，衬托木兰的英雄形象。

陶渊明《桃花源记》“见渔人，乃大惊，问所从来”中，“惊”的隐含义“动作猛烈”表现为桃源中人见到渔人的剧烈反应，侧面衬托桃源中人长期所过的封闭而自由的生活。李清照《渔家傲》“学诗谩有惊人句”中，也可以通过隐含义“动作猛烈”把受惊者的反应想象出来，使诗歌意象更具体生动，从而深刻理解“诗句之妙”。

辛弃疾《破阵子·为陈同甫赋壮词以寄之》“马作的卢飞快，弓如霹雳弦惊”，大多解释本没有把“惊”的意义解释出来或解释得不够准确。要准确理解这句话，还要借助“惊”的隐含义。“惊”的本义“马骇也”隐含着“动作猛烈”的特点，把这个隐含义融入对这句词的理解，则“惊”喻指弓弦震动幅度非常大，与“弓如霹雳”（弓箭发出霹雳般的响声）一起表现了弓箭发射产生的巨大力量，表现了射箭者的勇武有力和万丈豪情。这句诗的意思是战马像的卢马一样跑得飞快，离弦的弓箭发出雷鸣般的巨大声响，弦一直在猛烈震颤。

《说文解字》认为“恐，惧也”，“恐”的本义是畏惧、害怕，引申为恐怕，担心。“恐”往往用于对尚未发生的事情的担心和忧虑，因此“非现实性”“不安”是其隐含义。如孟郊《游子吟》“临行密密缝，意恐迟迟归”中的“恐”便是对未来可能发生的事情的担心，“迟迟归”此时尚未发生，只是慈母的担心。

而苏轼《水调歌头》“我欲乘风归去，又恐琼楼玉宇，高处不胜寒”中，“欲”的意思是“想要”，说明“乘风归去”只是一种想法，并没有完成或实现，自然词人所担心的“琼楼玉宇，高处不胜寒”也是一种想象，具有非现实性，与“恐”的隐含义非常吻合。

解诗

画

王维

远看山有色，近听水无声。①

春去花还在，人来鸟不惊。②

【注释】

①色：颜色。

②春去：春天离开了，春天已经过去了。惊：吃惊、害怕。

这首诗非常通俗易懂，意思是“远远就能看到山的色彩，走到近处却听不到流水的声音。春天已经过去了，可是花还在绽放，人走过来了鸟却并不受惊飞起”。

其中，“惊”的意思是吃惊、害怕，其隐含义“动作猛烈”可使“人来鸟不惊”的意象显得更加丰富生动。读者可以想象鸟“惊”时会有怎样猛烈的动作，是突然起飞还是喳喳乱叫。“鸟不惊”意思是鸟却没有被惊动，一动不动地停在那里，用“人来鸟不惊”描绘“画”的特点，以动作猛烈比照一动不动，自有其高妙之处。

春望

杜甫

国破山河在，城春草木深。①
感时花溅泪，恨别鸟惊心。②
烽火连三月，家书抵万金。③
白头搔更短，浑欲不胜簪。④

【注释】

①国：国都，指长安（今陕西西安一带）。

②感时：为国家的时局而感伤。溅泪：流泪。恨别：怅恨离别。

③烽火：古时边防报警的烟火，这里指安史之乱的战火。抵：值，相当。

④白头：这里指白头发。搔：用手指轻轻地抓。浑：简直。胜：

经受、承受。簪：一种束发的首饰。古代男子蓄长发，成年后束发于头顶，用簪子横插住，以免散开。

这首诗通过描写安史之乱中长安的荒凉景象，抒发了诗人忧国忧民的思想感情，反映了诗人渴望安宁、向往幸福的愿望。

首联“国破山河在”中“国破”二字点出了背景。山河依旧，但国家已经破碎，国都沦陷。接下来以“城春草木深”对战后长安城的景象进行描写，意思是春天来临，长安城内杂草丛生、林木苍苍、一片荒凉。

颔联“感时花溅泪，恨别鸟惊心”通过“花”和“鸟”写诗人的悲痛与不安。由于“花”和“鸟”是让人喜欢、为人带来快乐的事物，这里更能够反衬诗人的感伤和不安。“感时花溅泪，恨别鸟惊心”的意思是感叹时局，看到花开，也禁不住潸然泪下；怨恨别离，听到鸟鸣，也禁不住心中惊悸。“惊”的隐含义“动作猛烈”这里表现为心脏剧烈跳动，具体形象地表现了鸟鸣声给诗人内心带来的巨大震动和冲击，深刻表现了国破家亡给诗人造成的巨大痛苦和打击，展示出诗人忧国忧民、感时伤怀的情感。

颈联“烽火连三月，家书抵万金”意思是战火连绵，一直延续到三月；战乱中，家书格外珍贵，抵得上万两黄金。这表现了安史之乱给人民带来的巨大灾难：妻离子散，音书不通。

尾联“白头搔更短，浑欲不胜簪”意思是痛苦中诗人的白发越搔越短，简直连簪子都要插不住了。在国破家亡、离乱伤痛之外，诗人又叹息自己的衰老，更增一层悲哀。

全诗抒发了诗人伤时、忧国、念家、悲己的情感，忧愤深广、感情深沉，体现了诗人“沉郁顿挫”的艺术风格。

鸟鸣涧[①]

王维

人闲桂花落，夜静春山空。[②]
月出惊山鸟，时鸣春涧中。[③]

【注释】

①涧：两山之间的小溪。

②闲：安静、悠闲。桂花：木樨的通称。有的春天开花，有的秋天开花。花瓣晒干可以食用。

③时：时而，偶尔。

这首诗描绘了山间春夜里幽静而美丽的景色，表现了夜间春山的宁静幽美。

首联“人闲桂花落，夜静春山空”通过“人闲”“花落”“夜静”“山空”表现了春天山间夜晚的寂静。春天百花盛开，作者却偏偏选择并不典型的桂花作为描写对象，这是因为桂花非常细小且颜色不那么耀眼，与全诗静雅的格调非常一致，而且桂花细小而淡雅的特点使“落”显得那么轻、那么不引人注意，更能衬托出看花落之人的闲适和周围环境的幽静。

“月出惊山鸟，时鸣春涧中”，月亮升起与落下都是寂静无声的，却“惊”着了山中小鸟。“惊”的意思是“马骇”，其隐含义“动作猛烈”在这里表现为小鸟“时鸣春涧中”，可以想象小鸟已经习惯了山谷的幽静寂寞，似乎连月亮升起对它们来说都是一种刺激，会使它们受到惊动而发出鸣叫。鸟“惊”的动态描写，衬托了春山夜晚的空寂，也表现了诗人内心的宁静与闲适。

如梦令

李清照

常记溪亭日暮，沉醉不知归路。① 兴尽晚回舟，误入藕花深处。② 争渡，争渡，<u>惊</u>起一滩鸥鹭。③

【注释】

①常记：难忘，时常记起。溪亭：临水的亭台。日暮：黄昏时候。

②回舟：乘船而回。藕花：荷花。

③争渡：奋力划船。惊起：惊动，使……受惊飞起。一滩：整个水滩。鸥鹭：这里泛指水鸟。

这首词是李清照早期之作，写于她到达汴京之后尚未出嫁之前。这段时间李清照身居闺中，常常回忆少年时游玩的情形，这首词表现了词人对当时无拘无束生活的怀念之情。

“常记溪亭日暮，沉醉不知归路”，“常记”意思是时常记起，说明本词所写的内容是回忆性的。令词人难忘的故事发生在临水的亭台“溪亭”，时间是“日暮”，即黄昏时分；难忘的事情是“沉醉不知归路”，其中“醉”的意思是“喝酒过量，神志不清”。

“兴尽晚回舟，误入藕花深处”意思是兴尽之后很晚才往回划船，却不小心进入了藕花深处。“尽”的隐含义“逐渐减少直至消逝”的动态过程，表明作者已经游赏相当长时间了，在玩赏的兴致得到充分满足之后，她才掉转船头往回走，因为天太晚了，又喝得大醉，以至找不到回家的路，因而“误入藕花深处”。

“惊”字出现在“争渡，争渡，惊起一滩鸥鹭”中。“惊”的隐含义“动作猛烈”可以让读者脑补出停栖的水鸟突然飞起的场景。“争”的隐含义“用力”则形象地表现了划船者用力划船的意象。这句话生动地再现了作者在焦急之中胡乱划动小船，找寻回家的路，以至已经停栖的水鸟都受惊飞起的场景。

这首词生动地展现了这次游玩带给词人的巨大惊喜和深深陶醉，同时也体现出作者贪玩活泼的天性，表达了作者对少年时代快乐时光的怀念之情。

夜宿山寺[①]

李白

危楼高百尺，手可摘星辰。[②]
不敢高声语，恐惊天上人。[③]

【注释】

①宿：住，过夜。

②危楼：高楼，这里指山顶的寺庙。危，高。星辰：天上星星的统称。

③语：说话。恐：唯恐，害怕。

“夜宿山寺”意思是夜里住在山上的寺庙里，诗人用极其夸张的手法描写了寺中楼宇之高。

诗的意思非常通俗易懂：山上寺院内的高楼很高，好像伸手就可以摘下天上的星星；在这里都不敢高声说话，唯恐惊动了天上的仙人。

其中“恐”的意思是怕，隐含着对未发生事情的担心，具有非现实性；显然，“惊天上人”是事实上并没有发生的，因此此处用“恐”非常贴切。“惊”在这里是使动用法，可释为“惊动”或者“使……受惊”，“惊天上人”意思是“使天上人受惊”。“惊”隐含着“动作猛烈”的意义，可以使读者通过想象天上人“惊”的具体表现，对诗的意境产生更为丰富、更为生动具体的感受。

长歌行

汉乐府

青青园中葵，朝露待日晞。①
阳春布德泽，万物生光辉。
常恐秋节至，焜黄华叶衰。②
百川东到海，何时复西归？
少壮不努力，老大徒伤悲。③

【注释】

①园：泛指种蔬菜、花果、树木的场所。葵：葵菜是古人常吃的一种蔬菜。晞：天亮，引申为阳光照耀。

②华：通“花”。

③老大：指人的生命力衰败的老年时期。徒：徒然、白白地。

这首诗以“园中葵”到了秋天会衰败和百川流到大海不复回打比方，说明光阴如流水，一去不再回，从而劝导人们珍惜青春年华，发愤努力，不要等老了再后悔。

“青青园中葵，朝露待日晞”，意思是园中的葵菜郁郁青青，那上面的露珠正等待着早晨太阳的照耀。“青青”是春天园中葵的颜色，比喻人生的少壮时期，此处用园中葵在阳光雨露之下努力生长比喻年轻人趁着大好时光努力奋斗。

“常恐秋节至，焜黄华叶衰”写园中葵到了秋天会凋谢枯黄，比喻人的青春逝去，变得衰老无力。“恐”是担心、忧虑的意思，“常恐秋节至”表达了对“青春”即将逝去的忧虑，即对未来的忧虑，这与“恐”的隐含义相合。同时，“恐”所蕴含的对未来的担心和忧虑，也体现了人们面对自然法则的无能为力。

“百川东到海，何时复西归？”强调青春一去不复返，“少壮不努力，老大徒伤悲”作为结尾，水到渠成、画龙点睛地表达了要珍惜青春的主题。

这首诗由眼前的青春美景想到人生易逝，鼓励青年人珍惜时光，出言警策、催人奋起。

甲骨文

说文古文

绝

“绝”的意思是“断，隔开”，它的字形看起来就像用刀割断丝线，割断后丝线就中断了，因此“绝”隐含“不能延续”的意思。

说文古文

小篆

断

“断”的意思是“斩断”，它和“绝”一样有“不能延续”的意思，但由于它的字形中包含“斤”（指斧子），比割断丝线时需要用的工具“刀”更有力量，因此隐含“果决有力”的意义。

说字

“绝”甲骨文作，如同以刀断丝之形，本义是“断、隔开”；断丝的意象具有中断、不延续的特点，因此“绝”的隐含义是“不能延续或没有后续”。如欧阳修《醉翁亭记》“伛偻提携，往来而不绝者，滁人游也”，意思是弯腰而行的老人和被搀着走路的小孩来来往往络绎不绝，这是滁州人在游山。“绝”的隐含义“不能延续或没有后续”使“不绝”的意象更加具体生动，形象地表现了游人不断的场面。杜甫《茅屋为秋风所破歌》“雨脚如麻未断绝”中，“绝”的隐含义“不能延续或没有后续”使“未断绝”能够具体生动地描绘房屋漏下的雨水一直没有停止、连续不断落下来的意象。郦道元《水经注·江水》“至于夏水襄陵，沿溯阻绝”中，“绝”的隐含义“不能延续或没有后续”使“沿溯阻绝”生动地表现了上行船只和下行船只被阻断不通的场景。

“绝”字还可以用来表示声音的中断、不连续。如苏轼《赤壁赋》“其声呜呜然，如怨如慕，如泣如诉，余音袅袅，不绝如缕”，

“绝”的隐含义“不能延续或没有后续”使文中的“不绝”形象地表现了洞箫声绵延不断的特点。杜甫《石壕吏》“夜久语声绝，如闻泣幽咽”中，“绝”的意思是“断、停止”，也隐含着没有后续的意义特点。白居易《琵琶行》“冰泉冷涩弦凝绝，凝绝不通声暂歇”中，“绝”的意思是断，这里的“绝”用于描述弦的断开，与“绝”的隐含义“没有后续，不能延续”相吻合。

“绝”还可以用来表示生命或交往的中断、不连续，如《孔雀东南飞》“我命绝今日，魂去尸长留”，其中的“绝”用来修饰“命”，表示生命终结，也蕴含着“没有后续，不能延续”的意思。陶渊明《归去来兮辞》中“归去来兮，请息交以绝游”里，“绝”的隐含义“没有后续，不能延续”表现为与外界不再联系交往。

“绝”还可以用来修饰抽象的“恨”和“忧”，如白居易《长恨歌》“天长地久有时尽，此恨绵绵无绝期”，意思是天长地久也有一天会终结，这恨却长久不断，永远不会有消除的那一天。这里的“绝”指中断、停止，隐含着“没有后续、不能延续”的意思，“无绝期”就是会永远持续下去，不会有消除的那一天。同样，曹操《短歌行》“忧从中来，不可断绝”中的“断绝”断的是“忧”，“绝”的隐含义在此处也得到体现。

“绝”的隐含义“没有后续、不能延续”有时还表现为山势像刀削斧劈般陡峭，如郦道元《水经注·江水》“绝巘多生怪柏，悬泉瀑布，飞漱其间”，其中“绝”的隐含义“没有后续、不能延续”体现为山势直上直下，没有一点向旁边延伸的地方，因此“绝”有极其陡峭的意思。李白《蜀道难》“连峰去天不盈尺，枯松倒挂倚绝壁”中的“绝”也是用来形容山势陡峭的。

“绝”的隐含义“没有后续、不能延续”还具体表现为“与世隔绝的或者极远的地方”。如陶渊明《桃花源记》“率妻子邑人来此绝境，不复出焉，遂与外人间隔”中，“绝境”就是指与世隔绝的地方，“绝”的隐含义“没有后续、不能延续”表现为与外界没有联系。高适《燕歌行》“边庭飘飖那可度，绝域苍茫更何有”中，“绝域”指极远的边境，“绝”的隐含义“没有后续、不能延续”表现为没有比它再远的地方了。

“绝”还可由本义“断、隔开”和隐含义“没有后续、不能延续”引申为副词，此时的“绝”相当于“最”“极”。如杜甫《望岳》“会当凌绝顶，一览众山小”中，“绝顶”就是山的最高峰，“绝”的隐含义“没有后续、不能延续”意味着没有比它再高的了。

“断”的小篆字形作“”，从斤，从㡭。其中“斤”取像斧子之形，也就是说，“断”的小篆字形由“绝”的古文形体和像斧子的“斤”组合而成，表示“截开，斩断”之义，因此，“断”与“绝”一样，也具有“没有后续、不能延续”的隐含义。同时，其工具“斤”（斧子）比“绝”的工具“刀”更厚重有力，因此“断”与“绝”相比，还具有“果决有力”的特点，故可组成“果断”“决断”等词。斧子有力的特点决定了其砍断的物体断面往往比较整齐，所以“断”又隐含着“齐”的特点，《广雅·释诂四》“断，齐也”也可资证明。可见，“断”的本义“截开、斩断”中隐含着以下三种意义——

“没有后续、不能延续”“果决有力”“齐”。这些不同的隐含义使“断”产生了三个不同系列的引申意义。如李白《望天门山》“天门中断楚江开”中，“断”的本义是“断开、截断”，其隐含义“没有后续、不能延续”“果决有力”“齐”具体表现为分峙耸立在楚江两岸的天门山像被一把巨大的斧子劈开一样直上直下，没有一点旁逸斜出或舒缓的地方，非常陡峭。

温庭筠《望江南》中的“肠断白蘋洲”直接描写女子极度的痛苦和失望。“断”那种“没有后续、不能延续”的隐含义形象地表现了思妇因为极度痛苦而感到肠子断成一段段一般伤心的意象，刻画了主人公极度的痛苦和悲伤。

陆游《卜算子·咏梅》中的“驿外断桥边”描写了梅花所处的环境——驿站外断裂的桥边。“断”的隐含义“没有后续、不能延续”在这里具体表现为桥从中间断裂，已失去沟通两岸的功能，因此人迹罕至，周围一片荒凉。生长在这里的“梅花”当然只能寂寞地开放，无人赏识，没人过问。

解诗

蜀道难[1]

李白

噫吁嚱，危乎高哉！[2]
蜀道之难，难于上青天！
蚕丛及鱼凫，开国何茫然。[3]
尔来四万八千岁，不与秦塞通人烟。[4]
西当太白有鸟道，可以横绝峨眉巅。[5]
地崩山摧壮士死，然后天梯石栈相钩连。[6]
上有六龙回日之高标，下有冲波逆折之回川。[7]
黄鹤之飞尚不得过，猿猱欲度愁攀援。[8]
青泥何盘盘，百步九折萦岩峦。[9]
扪参历井仰胁息，以手抚膺坐长叹。[10]
问君西游何时还？畏途巉岩不可攀。[11]

但见悲鸟号古木，雄飞雌从绕林间。
又闻子规啼夜月，愁空山。⑫
蜀道之难，难于上青天，使人听此凋朱颜。⑬
连峰去天不盈尺，枯松倒挂倚绝壁。⑭
飞湍瀑流争喧豗，砯崖转石万壑雷。⑮
其险也如此，嗟尔远道之人胡为乎来哉！⑯
剑阁峥嵘而崔嵬，一夫当关，万夫莫开。⑰
所守或匪亲，化为狼与豺。⑱
朝避猛虎，夕避长蛇。⑲
磨牙吮血，杀人如麻。⑳
锦城虽云乐，不如早还家。㉑
蜀道之难难于上青天，侧身西望长咨嗟！㉒

【注释】

①蜀道难：古乐府题，属《相和歌辞·瑟调曲》。

②噫吁嚱：惊叹声，蜀地方言，表示惊讶的声音。

③蚕丛及鱼凫：蚕丛、鱼凫，传说中古蜀国两位国王的名字。何：多么。茫然：渺茫遥远的样子。指古代传说悠远难详、蒙昧杳然。

④尔来：从那时以来。四万八千岁：极言时间之漫长，夸张而大约言之。秦塞：秦的关塞，指秦地。秦地四周有山川险阻，故称“四塞之国”。通人烟：人员往来。

⑤西当：西对。当，对着、向着。太白：太白山，又名太乙山，在长安西（今陕西眉县、太白县一带）。鸟道：指连绵高山间的低矮处，只有鸟能飞过，为人迹所不能至。横绝：横越。峨眉巅：峨眉山顶峰。

⑥摧：倒塌。天梯：非常陡峭的山路。石栈：栈道。

⑦高标：指山中可做标志的最高峰。冲波：水流冲击腾起的波浪，这里指激流。逆折：水流回旋。回川：有旋涡的河流。

⑧黄鹤：善飞的大鸟。尚：尚且。得：能。猿猱（náo）：蜀山中最善攀缘的猴类。

⑨青泥：青泥岭，在今甘肃徽县南，陕西略阳县北。盘盘：曲折回旋的样子。百步九折：百步之内拐九道弯。萦：盘绕。岩峦：山峰。

⑩扪参历井：参（shēn）、井是二星宿名。古人把天上的星宿分别指配于地上的州国，叫作“分野”，参星为蜀之分野，井星为秦之分野。扪（mén），用手摸。历，经过。胁息：屏气不敢呼吸。膺：胸。坐：徒、空。

⑪巉岩：险恶陡峭的山壁。

⑫子规：即杜鹃鸟，蜀地最多，鸣声悲哀，很像“不如归去”。

⑬凋：使动用法，使……凋谢，这里指脸色由红润变成铁青。

⑭去：距离。盈：满。

⑮飞湍（tuān）：飞奔而下的急流。喧豗（huī）：喧闹声，这里指急流和瀑布发出的巨大声响。砯（pīng）崖：水撞石之声。砯，水冲击石壁发出的响声，这里作为动词使用，是冲击的意思。转：使滚动。壑：山谷。

⑯嗟：感叹声。胡为：为什么。

⑰剑阁：又名剑门关，在四川剑阁县北，是大、小剑山之间的一条栈道，长三十余里。峥嵘而崔嵬：都是形容山势高大雄峻的样子。一夫：一人。当关：守关。莫开：不能打开。

⑱所守：指把守关口的人。

⑲朝：早上。

⑳吮：吸。

㉑锦城：成都古代以产锦闻名，故称锦城或锦官城。

㉒咨嗟：叹息。

这首诗以浪漫主义的手法艺术地再现了蜀道峥嵘突兀、崎岖惊险和不可凌越的磅礴气势，表现了蜀地山川的壮美，歌颂了祖国山河的壮丽。

开头“噫吁嚱，危乎高哉！蜀道之难，难于上青天！”慨叹蜀道的危险和高峻，在蜀道上行走简直比登天还难。接下来“蚕丛及鱼凫，开国何茫然。尔来四万八千岁，不与秦塞通人烟”，说蚕丛和鱼凫在这里建立国家的事迹渺茫遥远，已经无从查考；经过了四万八千年，都未与外界沟通往来。这里通过蜀国与外界难以沟通，进一步表现蜀道的险与难。

本诗第一个“绝”字出现于“西当太白有鸟道，可以横绝峨眉巅”中。“绝”的甲骨文构意是以刀断丝，即把丝线从中间断开，而横渡江河也像把江河从中间断开一样，因此“绝”有横渡的意思。如荀子《劝学》“假舟楫者，非能水也，而绝江河”，其中“绝江河”就是横渡江河，它与“顺流而下”或“逆流而上”不同，是从此岸到彼岸的横穿。此处“横绝峨眉巅”中，“横绝”的意思也是横越、横渡，意思是从峨眉山上空越过去，突出了鸟横向而飞的特点，这不同于人上山下山的路线。显然，能够“横绝峨眉巅”的只有会飞的鸟，因此诗人称蜀道为鸟道。这里用只有鸟才能飞过，表现了峨眉山之高。

“地崩山摧壮士死，然后天梯石栈相钩连”表现了这里开路十分艰难，经过了“地崩山摧壮士死”，才修建成这样的天梯和栈道，彼此能够连接和相通。

“上有六龙回日之高标，下有冲波逆折之回川。黄鹤之飞尚不得过，猿猱欲度愁攀援”描写蜀地山川的险峻，上有挡住太阳神六龙车的极高山巅，下有浊浪排空、迂回曲折的大川，因此连擅长高飞的黄鹤都飞不过去，即使善于攀缘的猿猴都发愁在这里如何攀缘。

“青泥何盘盘，百步九折萦岩峦。扪参历井仰胁息，以手抚膺坐长叹”写青泥岭山路盘旋曲折，一百步之内就要围绕着山峦转九道弯。在山上似乎可以触摸到天上的参、井二星，让人不由得仰面屏息，用手抚摸着自己的胸口，惊恐地坐下来长叹。

“问君西游何时还？畏途巉岩不可攀。但见悲鸟号古木，雄飞雌从绕林间。又闻子规啼夜月，愁空山”，这里是询问向西游览什么时候才能返回，担心路途险峻实在难以登攀。诗人只见那鸟儿在古树上悲哀地鸣叫，雄雌相随在林间环绕，又听到杜鹃在月夜悲惨的啼鸣，它们都为如何越过这空山而哀愁。这里诗人通过想象连鸟都发愁如何飞过，侧面衬托蜀地山川之高和险。

下一段又以“蜀道之难，难于上青天”开头，“使人听此凋朱颜”意思是光是听一听就令人吓得变了脸，也是衬托蜀道之难。

本诗第二个“绝”字出现于“连峰去天不盈尺，枯松倒挂倚绝壁”中。“绝”的隐含义“没有后续、不能延续”在此处用来形容山崖像刀削斧劈般陡峭。这两句诗的意思是连绵的山峰距离天空不足一尺远，枯老的松树头朝下依偎着悬崖峭壁。“飞湍瀑流争喧豗，砯崖转石万壑雷”描写山间的瀑布和流水发出巨大的响声，从山上流下的一道道瀑布好像在争着大声喧闹，急流冲击石壁发出的巨大响声好像雷鸣一般。

“其险也如此，嗟尔远道之人胡为乎来哉”，是诗人感叹蜀道山川如此险要，为什么还有人远道而来。

“剑阁峥嵘而崔嵬，一夫当关，万夫莫开。所守或匪亲，化为狼与豺”，意思是剑阁那地方险峻巍峨，只要一人把守，千军万马也难以攻占。驻守的官员若不是亲近可信之人，难免要变为豺狼据此为非造反。诗人告诫朝廷蜀地极为险要，必须用可信之人来把守，要警惕发生叛乱。

“朝避猛虎，夕避长蛇。磨牙吮血，杀人如麻”，是说蜀地不仅山川险要，还有非常可怕的毒蛇猛兽要提防。诗人用“磨牙吮血，杀人如麻”形象地表现了毒蛇猛兽的可怕。

因此，诗人说“锦城虽云乐，不如早还家”，即锦官城内虽然有很多乐趣，但环境如此险恶，还不如早早回家。

最后的“蜀道之难难于上青天”一唱三叹，再次强调蜀道的险与难，令人不禁“侧身西望长咨嗟”！

短歌行①

曹操

对酒当歌，人生几何？譬如朝露，去日苦多。②
慨当以慷，忧思难忘。何以解忧？唯有杜康。③
青青子衿，悠悠我心。但为君故，沉吟至今。④
呦呦鹿鸣，食野之苹。我有嘉宾，鼓瑟吹笙。⑤
明明如月，何时可掇？忧从中来，不可断绝。⑥
越陌度阡，枉用相存。契阔谈讌，心念旧恩。⑦
月明星稀，乌鹊南飞。绕树三匝，何枝可依？⑧
山不厌高，海不厌深。周公吐哺，天下归心。

【注释】

①短歌行：属于汉乐府《相和歌辞·平调曲》。

②对酒当歌：一边喝着酒，一边唱着歌。几何：多少。

③慨当以慷：指宴会上的歌声激昂慷慨。当以，这里是“应当

用”的意思。杜康：相传是最早酿酒的人，这里代指酒。

④青青子衿，悠悠我心：是《诗经·郑风·子衿》篇中成句，在此用于表达对贤才的思慕。悠悠，长久的样子，形容思虑连绵不断。沉吟：原指小声念叨和思索，这里指对贤人的思念和倾慕。

⑤呦（yōu）呦鹿鸣，食野之苹。我有嘉宾，鼓瑟吹笙（shēng）：出自《诗经·小雅·鹿鸣》。呦呦，鹿叫的声音。苹，艾蒿。鼓，弹。

⑥掇：拾取、摘取。

⑦越陌度阡：穿过纵横交错的小路。陌，东西向的田间小路。阡，南北向的小路。枉用相存：屈驾来访。枉，这里是“枉驾”的意思。用，以。存，问候、思念。

⑧三匝（zā）：三圈。匝，周，圈。

《短歌行》是汉乐府的旧题，属于《相和歌辞·平调曲》。这首《短歌行》的主题非常明确，就是诗人求贤若渴，希望人才都来投靠自己。

“对酒当歌，人生几何？譬如朝露，去日苦多”，主要抒发诗人对人生短暂的慨叹。他用“朝露”即早晨的露水来比喻人生转瞬即逝，非常短暂，而已经过去的日子却已经很多。这里他其实是借自己对人生短暂的感慨来巧妙地感染广大“贤才”，提醒他们人生就像“朝露”那样易于消逝，岁月已经流逝很多，应该赶紧拿定主意，到自己这里来施展抱负。

“慨当以慷，忧思难忘。何以解忧？唯有杜康”，写诗人对酒当歌时慷慨激昂，心中的忧愁却时时不能忘怀，靠什么来排解忧愁呢？只有依靠美酒。

“青青子衿，悠悠我心”是对《诗经·郑风·子衿》的引用。这句诗原本是写一个姑娘思念自己心爱的人，这里用来比喻作者对贤才的思念，而“但为君故，沉吟至今”直接抒发对贤才的渴望。接下来诗人引用《诗经·小雅·鹿鸣》中的“呦呦鹿鸣，食野之苹。我有嘉宾，鼓瑟吹笙”，描写宾主欢宴的情景，暗示作者对贤才一定以礼相待，告诉贤才：“只要你们到我这里来，一定会被待以‘嘉宾’之礼，我们一定能够欢快融洽地相处。”

“断”和“绝”出现在“明明如月，何时可掇？忧从中来，不可断绝。越陌度阡，枉用相存。契阔谈讌，心念旧恩”中。“绝”与“断”同义，“断绝”就是中断、停止的意思，隐含着没有后续的意义；“不可断绝”则是不能够把它割断，也就是一直连续不断，恰到好处地形容了诗人内心无法排解的深深忧愁。这几句的意思是：（贤才）像天上的明月一样明亮皎洁，什么时候才能够摘取呢？想到这些不禁心中充满忧思。远方宾客穿越纵横交错的道路，屈驾前来探望我，彼此久别重逢谈心宴饮，重温那往日的恩情。

“月明星稀，乌鹊南飞。绕树三匝，何枝可依？山不厌高，海不厌深。周公吐哺，天下归心”，意思是月光明亮，星星稀疏，一群寻巢乌鹊向南飞去，绕树飞了三周却找不到可以栖身的地方，此处以乌鹊比喻那些还在犹豫的人才。诗人因此进一步表明自己要像高山和大海那样广泛网罗人才、礼待人才、善待人才，以成就自己伟大的事业，暗示那些还在犹豫彷徨的人才不要再三心二意，要善于择枝而栖，到自己这边来。诗人面对那些犹豫彷徨者，丝毫未加指责，反而透露了关心和同情，表现了自己的自信与大气。

早春呈水部张十八员外①

韩愈

天街小雨润如酥，草色遥看近却无。②

最是一年春好处，绝胜烟柳满皇都。③

【注释】

①呈：恭敬地送给。水部张十八员外指著名诗人张籍，他在同族兄弟中排行第十八，曾任水部员外郎。

②天街：京城街道。酥：酥，酥油，这里形容春雨的细腻。

③绝胜：远远胜过。皇都：帝都，这里指长安。

这首诗描写了长安在初春小雨中清丽优美的景色，表达了诗人被春天来临时生机蓬勃的景象引发的欣悦之情。

“天街小雨润如酥，草色遥看近却无”用酥油比喻小雨的细滑润泽，并写了此时地上的小草刚刚长出，还非常稀疏、矮小，远看一片绿色，到近处看绿色却若有若无的情形。

“绝”字出现在“最是一年春好处，绝胜烟柳满皇都”中。“绝”在这里是副词，意思是“绝对、全然”，其隐含义“没有后续、不能延续”在这里表现为无与伦比，“绝胜”应解释为“远远超过”。诗人用“绝胜”对小雨和刚刚长出的小草大加赞美，说它们是一年春光中最美的东西，远远超过烟柳满城的暮春景色，这体现了诗人对淡雅而充满生机的初春景致的热爱。

天净沙·秋思[①]

马致远

枯藤老树昏鸦，[②]
小桥流水人家，
古道西风瘦马。[③]
夕阳西下，
断肠人在天涯。[④]

【注释】

①天净沙：曲牌名。

②藤：枯萎的枝蔓。昏鸦：黄昏时归巢的乌鸦。昏，傍晚。鸦指

乌鸦。

③古道：已经废弃不再使用的古老驿道或年代久远的驿道。西风：寒冷、萧瑟的秋风。瘦马：骨瘦如柴的马。

④断肠人：形容悲痛到极点的人，此处指漂泊天涯、极度忧伤的旅人。天涯：天边，这里指远离家乡的地方。

这首曲子的题目叫《秋思》，一共只有28个字，描绘了一幅凄凉动人的秋郊夕照图，准确地传达了旅人也就是“断肠人”凄苦的心境。

“断肠人”的“断”，本义是“截开、斩断”，在这里用来修饰“肠”，其隐含义“没有后续、不能延续”表现为肠子断成一节节、彼此不相连接的状况，用夸张的方式表现了主人公极度的痛苦和悲伤。

“枯藤老树昏鸦，小桥流水人家，古道西风瘦马”连续用双音结构罗列了九种事物：藤和树分别用“枯”“老”修饰，与黄昏归巢的乌鸦组成的画面充满沉重感；小桥、流水、人家这三种事物因为有水流意象的存在而略带动感和生机；古道、西风、瘦马又是一幅充满凄凉和悲苦的画面。最后，作者以“夕阳西下”和“天涯”的意象，为表现主人公惆怅感伤的情怀提供了凄苦悲凉的背景。

说文古文

小篆

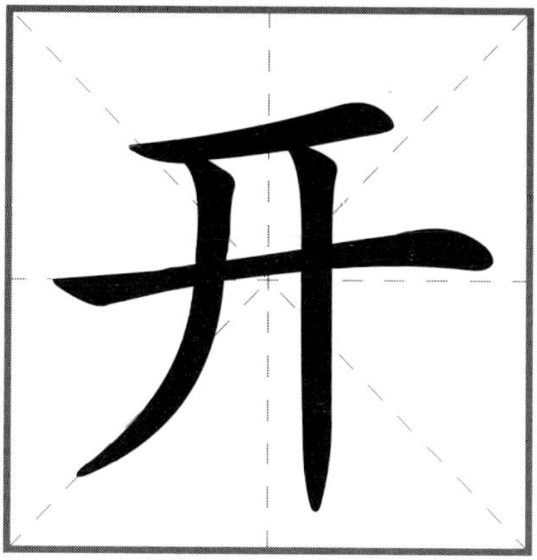

“开”在古代一开始指的是开门，开门时门是由闭合到张开的。所以“开”隐含着“由闭合到张开”的意思。

说文古文

小篆

“发”可以与“开”组成“开发”一词，它的字形就像箭矢射出后弓弦颤动的样子，原本的意思是射箭，由于射箭时箭矢是由此处射向彼处的，因此“发”有“由此及彼”的意思。

说字

"开"的战国文字作"閞"，两旁表示两扇门，中间的"一"表示门闩，下面的左右两只手拉动门闩，表示开门之意。"开"的本义就是开门，包含着"由闭合到张开的变化"的特点。由闭合到张开的意义特点在"开"的本义"开门"中比较明显，但在其引申意义中则变得比较隐蔽，因此可以说"开"的隐含义是"由闭合到张开"。范仲淹《岳阳楼记》和欧阳修《醉翁亭记》中，前者有"若夫淫雨霏霏，连月不开"，人们多将"开"解释为"天气放晴"；后者有"若夫日出而林霏开"，人们多将"林霏开"解释为"树林里的雾气散开"，即把"开"释为"散开"。这两种解释都很准确，毋庸置疑。但是，如果把"开"的隐含义"由闭合到张开的变化"融入对文意的理解中，则"连月不开"的意象会变得更为具体生动：连续一个月天空都被乌云笼罩着，空中乌云就像一个闭合的整体，连个缝隙都没有，这样的理解能使读者仿佛置身于云雨笼罩、不见天日的环境中，从而更容易理解作者的心情。同样，"开"隐含义的显性化也可使“林霏开”的意象更具体、更具画面感：雾气把树林笼罩得严严实实，一点儿缝隙都没有；太阳一出来，阳光把雾气驱散了，就像掀开了罩在树林上边的盖子。这样就使太阳出来、雾气逐渐散去的意象在读者眼前活起来、动起来，使读者具有身临其境的即视感。

可见，隐含义可以帮助读者理解诗文意象，使读者犹如身临其境，从而深刻感受作者所传达的情感。

李峤的《风》中“能开二月花”里，将“开”的隐含义是“由闭合到张开的变化”融入诗意中，指的就是二月春风使花瓣由蓓蕾状态张开、绽放，形象地表现了花瓣从蓓蕾的闭合状态张开、绽放为花朵的变化过程，非常贴切。同样，王安石“白玉堂前一树梅，为谁零落为谁开？”，其中“开”也指花瓣张开、绽放的过程。王冕《墨梅》“我家洗砚池边树，朵朵花开淡墨痕”，以及岑参《白雪歌送武判官归京》“忽如一夜春风来，千树万树梨花开”，其中的“开”都是开放的意思。

“发”的《说文解字》古文作“”，如同箭矢射出后弓弦颤动之形，表示箭已经射出，本义就是射箭、发射，用例如“百发百中”。射箭的特点是箭矢由此处射向彼处，因此“发”具有“由此及彼”的隐含义。其中“此”和“彼”在不同语境中地位并不相同，有的语境中“发”的语义焦点侧重于“此”，有的语境中“发”的语义焦点侧重于“彼”。因此语境不同，“发”的释义也会有所不同。如《早发白帝城》中“发”的语义焦点侧重于“此”，意思是“出发”；

《孟子》"舜发于畎亩之中"的"发"语义焦点也侧重于"此"，意思是"发迹、发达"。《孟子》"征于色，发于声"中的"发"语义焦点侧重于"彼"，意思是"显露、显现"。同样，苏轼《念奴娇·赤壁怀古》"遥想公瑾当年，小乔初嫁了，雄姿英发"中，"发"的意思也是"显露、显现"。对于"雄姿英发"的意思，有的地方解释为"英姿勃发"，有的地方解释为"谈吐不凡、见识卓越"等，其实都没有做到字字落实。"雄姿"意思是"雄壮威武的姿态"，"英"的本义是花，花是植物的精华，引申有"精华、事物最精粹的部分""杰出的人物、卓越的才能"等意义，"英发"的意思就是杰出的才能显露出来。因此"雄姿英发"就是姿态雄壮威武，展现出卓越的才能。

欧阳修《醉翁亭记》中"野芳发而幽香"，多被解释为"野花开放，有一股清幽的香味"。显然这样是将其中的"发"解释为"开放"，把"芳"解释为"花"。这样解释是否准确呢？根据"发"的隐含义"由此及彼"，我们认为把"发"解释为"开放"并不准确，应该解释为具有"由此及彼"意义特点的"散发"；其主语"芳"也不能解释为"花"，而应该释为芳香、芬芳。"野芳发而幽香"应该解释为野花的芳香散发出来，（空气中）充满清幽的香气。

解诗

游园不值①

叶绍翁

应怜屐齿印苍苔，小扣柴扉久不开。②
春色满园关不住，一枝红杏出墙来。

【注释】

①不值：没有遇到主人，没得到机会。值，遇到。

②怜：怜惜。屐（jī）齿：屐是木鞋，鞋底前后都有高跟儿，叫屐齿。小扣：轻轻地敲门。柴扉（fēi）：用木柴、树枝编成的门。

“游园不值”的意思就是想去游园却没能遇到主人、没能进门。这首诗主要写了诗人春日游园不值的所见所感。

“应怜屐齿印苍苔，小扣柴扉久不开”，“开”的意思就是“开门”，明显包含“由闭合到张开的变化”这个隐含义。“应”是应该的意思，在这里表示猜测。这句诗的意思是：大概是园主人爱惜园内的青苔，怕我的屐齿在上面留下踩踏的痕迹，所以（我）轻轻敲击用木柴树枝编成的园门，敲了很久仍没人开门。从“苍苔”“柴扉”可以看出，这个花园十分幽僻，显露出田园风光的幽静安逸、舒适惬意。

“春色满园关不住，一枝红杏出墙来”，指虽然主人紧闭园门，好像要把春色关在园内独赏，但“春色”是锁不住的，“红杏”必然要“出墙来”，宣告春天的来临。这里“春色”和“红杏”都被拟人化，景中寓理，引起读者许多联想：一切新生的美好事物也是封锁不住、禁锢不了的，它必然冲破任何束缚，蓬勃发展。

望天门山①

李白

天门中断楚江开，碧水东流至此回。②

两岸青山相对出，孤帆一片日边来。

【注释】

①天门山：位于安徽省和县与芜湖市长江两岸，在江北的叫西梁山，在江南的叫东梁山。两山隔江对峙，形同天然门户，天门由此得名。

②楚江：即长江。因为古代长江中游在楚国境内，所以叫楚江。回：回旋、回转。

这首诗通过对天门山景象的描述，赞美了大自然的神奇壮丽，表达了作者乐观豪迈的感情。

“天门中断楚江开”，“开”的意思是“开门、打开”，隐含着“由闭合到张开的变化”这一意义，把它融入对诗意的理解中，这句话的意思是楚江（长江）把本来是一个闭合整体的天门山从中间劈开，像开了一道门。“开”的隐含义使诗的意象更加具体可感，使读者仿佛看到波涛汹涌的长江水以冲垮一切阻碍的神奇力量把本来连为一体的天门山从中间劈开，真切感受长江波涛汹涌的宏大气势，深刻理解诗人的豪迈气魄。“断”的字形构意是用斧子砍断，隐含着断面非常整齐的特点，形象地表现了长江两岸的天门山峰直上直下的险峻特点。

“碧水东流至此回”指由于两山夹水对峙，水面狭窄，浩荡的长江水从这里通过时激起巨大的回旋，形成波涛汹涌的壮观景象。这里是反过来写天门山对汹涌澎湃的江水的约束力和反作用。

“两岸青山相对出”中，“出”字将静止不动的两岸青山描绘成动态的，说明诗人的立足点是江中快速行进的船。随着船行，两岸青山把越来越清晰的雄姿依次送到诗人眼前来，可以想见舟中诗人的喜悦。

“孤帆一片日边来”写在红日冉冉升起的天际，一条帆船正向天门山驶来。

整首诗描绘了一个壮美、辽阔的意境，在表现天门山的雄伟景象的同时，也凸显了诗人豪迈、奔放、自由洒脱的浪漫情怀。

观书有感

朱熹

半亩方塘一鉴<u>开</u>，天光云影共徘徊。①
问渠那得清如许？为有源头活水来。②

【注释】

①方塘：又称半亩塘，在福建尤溪城南郑义斋馆舍（后为南溪书院）内。鉴：镜。古人以铜为镜。

②渠：它，指方塘。那（nǎ）得：怎么会。那，通“哪”，怎么。如许：如此、这样。为：因为。

这首诗的题目是《观书有感》，说明诗的内容应该是“观书”的感受。我们习惯说“读书”“看书”，这里作者却用“观”字，说明这里的“观书”不同于读书，观的对象不是书的内容，而是书的外观或样子。“观书有感”是作者由书的外观而产生的有关读书的感受，它不同于针对书的内容所写的读后感。

作者观书时产生了什么样的感受呢？他没有直抒胸臆，而是采用借景喻理的方法，通过对方塘水平如镜、清澈明亮特点的描写，将微妙难言的读书感受巧妙地阐发出来。

“半亩方塘一鉴开”中，“开”的隐含义“由闭合到张开的变化”在这里并非表现为“打开”的过程，而是打开的结果和状态。古代以铜为镜，为了保护镜面，镜子一般放在镜匣里，用的时候打开镜匣。显然，这里的“一鉴开”表现的是镜子在打开的镜匣中的状态。镜子放在镜匣中，光滑明亮的镜面低于镜匣边框，与平静、清澈的方塘水面低于四周堤岸的情状十分相似。可见，“一鉴开”非常准确传神地把方塘的特点描述出来，有助于人们理解诗中所用比喻新奇、形象、生动的特点。

“天光云影共徘徊”描述天空在水中的倒影，意思是天光、云影在水面上闪耀、浮动，从侧面表现水面平静、清澈、明亮的特点。

“问渠那得清如许？为有源头活水来”意思是要问池塘里的水为何这样清澈，是因为有永不枯竭的源头源源不断地为它输送活水。这里表面是说水清的原因，实际上阐发了一个深刻的哲理：人要心灵澄明，就得认真读书，时时补充新知识，或者说只有不断学习新知识，才能达到新境界。

诗中所表达的这种感受虽然仅是就读书而言，却寓意深刻、内涵丰富，可以做广泛的引申。有人从这首诗中得到启发，联想到只有思想永远活跃，以开明宽阔的胸襟，接受种种不同的思想、鲜活的知识，广泛包容，方能才思不断、活水长流。“问渠那得清如许？为有源头活水来”，这两句诗已凝缩为常用成语“源头活水”，用以比喻事物发展的源泉和动力。

池上

白居易

小娃撑小艇，偷采白莲回。①
不解藏踪迹，浮萍一道开。②

【注释】

①小娃：男孩儿或女孩儿。艇：船。白莲：白色的莲花。

②浮萍：水生植物，椭圆形叶子，浮在水面，叶下面有须根，夏季开白花。

这是一首非常通俗的小诗，写的是一群小娃娃偷采白莲后返回的情景。由于不懂怎样掩盖踪迹，他们在船后留下了一道清清楚楚的水路。首联“小娃撑小艇，偷采白莲回”交代了这件事发生在“偷采”白莲返回的路上，“偷”字为后文表现小娃“不解藏踪迹”做了铺垫，而“小娃撑小艇”则表现了小娃的聪明能干。诗中“浮萍一道开”里，“开”是“打开”的意思，根据语境可解释为“荡开”。“开”的隐含义“由闭合到张开的变化”在这里表现为浮萍状态的变化过程：密密的浮萍把大片水面遮盖成一个没有缝隙的闭合整体，小船的通过使这闭合整体从中间裂开，露出一条水道。显然，把“开”的隐含义融入对诗意的理解中，可以使小船在大片浮萍中穿过的意象在读者眼前动起来、活起来，这具有动感的画面不仅可以帮助读者理解“浮萍一道开”的生动意象，而且生动诠释了小娃“不解藏踪迹”的结果，从而有助于人们理解诗的主旨——表现孩子们天真纯洁的特点。

雁门太守行[1]

李贺

黑云压城城欲摧，甲光向日金鳞开。[2]
角声满天秋色里，塞上燕脂凝夜紫。[3]
半卷红旗临易水，霜重鼓寒声不起。[4]

报君黄金台上意，提携玉龙为君死。[⑤]

【注释】

①雁门太守行：古乐府曲调名。

②摧：毁。甲光：指铠甲发出的闪光。甲，指铠甲、战衣。金鳞：金色的鱼鳞。

③角：古代军中一种吹奏乐器，多用兽角制成，也是古代军中的号角。燕脂：即胭脂。

④临：逼近，到，临近。易水：河名，源出今河北易县，向东南流入大清河。声不起：形容鼓声低沉、不响亮。

⑤报：报答。黄金台：故址在今河北易县东南，相传为战国时期燕昭王所筑。玉龙：宝剑的代称。君，君王。

李贺被称为“鬼才”“诗鬼”，他的诗作想象丰富、语言瑰丽、变化缤纷，常常刻意创新，因而显得晦涩难懂，使后人在理解上常常出现分歧。这里我们通过揭示“开”的隐含义，对这首诗进行解释。

首句“黑云压城城欲摧”用黑云压城的自然天气状况作为比喻，形容敌军人马众多、来势凶猛，交战双方力量悬殊、守城将士处境艰难的形势。

“开”字出现在“甲光向日金鳞开”中，“开”的隐含义“由闭合到张开的变化”决定了此处像金色鱼鳞一样裂开一条条缝隙的事物原先是呈整体闭合状态，即看上去是一个没有缝隙的囫囵整体。根据语境，被映照成“金鳞”的事物只能是铠甲。既然之前“黑云压城”，那如何会出现阳光使得“金鳞开”呢？自然是因为“开”的其实是天上的黑云，一丝从黑云间漏出的阳光照亮了铠甲。首联既是对天气变化的描绘，又是对战争形势变化的比喻：从“黑云压城”到“金鳞开”的自然天象变化，象征守城将士面对的艰难险恶的处境逐渐出现希望和转机，而这一变化正是由于城内守军在险恶形势下无所畏惧，“甲光向日”，严阵以待。

“角声满天秋色里，塞上燕脂凝夜紫。半卷红旗临易水，霜重鼓寒声不起”具体写战争的惨烈和天气的恶劣，意思是号角声声响彻秋夜的长空，塞外严寒使胭脂一样的血色凝冻成黑紫色；红旗在瑟瑟秋风中半卷着来到易水边，战士们怀着“风萧萧兮易水寒，壮士一去兮不复还”的豪情奋勇杀敌；夜寒霜重，鼓声显得郁闷低沉。

“报君黄金台上意，提携玉龙为君死”，这里用了两个典故：“黄金台”亦称招贤台，为战国时期燕昭王所筑，上面放着千两黄金，用来招揽天下贤士；“玉龙”指宝剑，传说晋朝雷焕曾得一个玉匣，内藏二剑，后入水化为龙。这两句诗解释了将士们勇猛无畏的原因：他们为报答君王恩遇，手提宝剑，视死如归。

用“开”的隐含义来解析这首诗，看起来晦涩难懂的诗意便能变得十分顺畅，诗中诡丽奇峭的语言也迎刃而解。

早发白帝城[①]

李白

朝辞白帝彩云间，千里江陵一日还。[②]
两岸猿声啼不住，轻舟已过万重山。[③]

【注释】

①白帝城：故址在今重庆奉节白帝山上。

②朝：早晨。辞：告别。彩云间：因为白帝城在白帝山上，地势高耸，从山下江中仰望，仿佛耸入云间。江陵：今属湖北荆州。从白帝城到江陵约一千二百里，其间包括三峡七百里。还：归、返回。

③猿：猿猴。啼：鸣叫。

这是李白在乾元二年（759）流放途中遇赦返回时创作的一首七绝，通过描写途中舟行若飞，诗人表达了自己遇赦后愉快的心情。

“发”出现在题目中，本义是“射箭、发射”，隐含义是“由此及彼”。在不同的语境中，“发”的意义特点或侧重于“此”，或侧重于“彼”。“早发白帝城”中“发”的隐含义侧重于“此”，意思是“启程、出发”。“早发白帝城”意思是早晨从白帝城出发。这首诗写的是诗人从白帝城到江陵一天之内的行程情况，诗中主要突出船的轻快，也侧面表现了李白心情的轻快。

“朝辞白帝彩云间”意思是早晨辞别白帝城，即早晨从白帝城出发。“彩云间”在这里有什么作用呢？白帝城在白帝山上，地势非常高，可以说高耸入云，“彩云间”突出了白帝城地势高的特点，为下句“千里江陵一日还”做了铺垫，正是因为白帝城地势高，小船才能顺流而下，速度飞快。用“彩”修饰“云”，不仅表现了早晨曙光灿烂的特点，也衬托出诗人当时喜悦兴奋的心情。

“千里江陵一日还”中，“还”的意思是归来。江陵本非李白的家乡，为什么用“还”呢？“还”字说明李白把江陵看得如同家乡一样亲切，这不仅表现出诗人“一日”行“千里”的痛快，也隐隐透露出遇赦的喜悦。

“两岸猿声啼不住，轻舟已过万重山”，用两岸的猿声、山影来烘托小舟的轻快，既是写景，又是比兴；既是个人心情的表达，又是人生经验的总结，因物兴感，精妙绝伦。

江城子·密州出猎①

苏轼

老夫聊发少年狂，左牵黄，右擎苍。② 锦帽貂裘，千骑卷平冈。③ 为报倾城随太守，亲射虎，看孙郎。④

酒酣胸胆尚开张，鬓微霜，又何妨！[⑤] 持节云中，何日遣冯唐。[⑥] 会挽雕弓如满月，西北望，射天狼。[⑦]

【注释】

①密州：今山东诸城。

②聊：姑且、暂且。狂：豪情。左牵黄，右擎苍：左手牵着黄犬，右臂擎着苍鹰。黄，指代黄犬。苍，指代苍鹰。

③锦帽貂裘：头戴华美鲜艳的帽子，身穿貂鼠皮衣。这是汉代羽林军穿的服装。千骑：上千个骑马的人，形容随从乘骑之多。

④倾城：全城的人都出来了。太守：指作者自己。孙郎：孙权。

⑤酒酣胸胆尚开张：即兴畅饮，胸怀开阔，胆气横生。尚，更。微霜：稍白。

⑥持节：奉有朝廷重大使命时持有使节。云中：汉代郡名，今内蒙古自治区托克托一带。

⑦挽：拉。雕弓：弓背上有雕花的弓。满月：圆月。天狼：星名，又称犬星，隐喻侵犯北宋边境的西夏。

这是苏轼于密州知州任上创作的一首词，表达了他强国抗敌的政治主张，抒发了渴望报效朝廷的壮志豪情。

上阕意思是：我这个老头子姑且抒发一下少年的豪情壮志，左手牵着黄犬，右臂托起苍鹰，戴上华美鲜艳的帽子，身穿貂鼠皮衣，带着随从疾风般席卷平坦的山冈。为了报答全城的人跟随我出猎的盛意，我要像孙权一样，亲自射杀猛虎。

其中的“发”隐含着“由此及彼”的意义特点，侧重的是“彼”，引申为“显现、显露”，“发少年狂”即显现少年的豪情。

下阕意思是：我痛饮美酒，心胸开阔，胆气更为豪壮。两鬓微微发白，这又何妨？什么时候皇帝会派人下来，就像汉文帝派遣冯唐去云中一样呢？那时我将使尽力气拉满雕弓，如同满月一样，瞄准西北，射向敌国军队。

其中“开”的本义是开门，隐含着“由闭合到张开的变化”之义，引申为“扩大”。“张”以弓为部首，本义是给弓安上弦，弓安上弦后，弦就会因绷紧而被拉长，因此引申为“扩大”。“开张”在这里是近义组合，意思是由小变大，包含着一个变化过程。“胸胆尚开张”意思是心胸更开阔、胆子更大。这里词人借酒酣来表达自己的雄心壮志，使词的内容由描写出猎自然过渡到抒发情怀。

西周金文

小篆

“临”字的甲骨文中包含像竖立着的眼睛的成分。竖立的眼睛的形态表现的是努力睁大眼睛，因此“临”有“眼睛用力”的意思。此外，“临”指的是“俯首向下看”，这意味着观看者站在高处,所以“临”隐含“在……之上”的意思。

甲骨文

小篆

“登”与“临”可以组成词语“登临”，“登”的字形就像两只脚登上了古人登车时所用的“乘石”，因而“登”表示“自下而上”，隐含“费力”的意思。

说字

“临”与“登”可以组成合成词“登临”，但二者的隐含义有差别，因此它们的语用习惯和语用功能也有所不同。

“临”的金文字形“”如同俯首向下看一堆东西之形态，其中包含呈竖立状的眼睛之形态。竖立状的眼睛之形态表示努力睁大眼睛，有“眼睛用力”的意义。因此，“临”不仅具有“俯首向下看”的显性意义，还有隐含义“眼睛用力”。这种隐含义使“临”引申出“监视”义，如《诗经·大雅·大明》“上帝临女，无贰尔心”，其中的“临”就是从上面向下看的意思，是上帝主观上故意的行为；现代词语“临摹”中的“临”也隐含着用眼睛仔细看的隐含意义。“临”的本义“俯首向下看”，意味着观看者站在高处，因此“临”还有另一个隐含义“在……之上”。

“登”甲骨文作“”，小篆作“”，《说文解字》释登为“上车也。从癶、豆，象登车形”。段玉裁注为“引申之，凡上升曰登”。徐锴《说文解字系传》“豆非俎豆字，象形耳……籀文登……臣锴

曰：‘两手捧登车之物也。’登车之物，王谓之‘乘石’”。据此可知，“登”的甲骨文像两脚登上“乘石”，表示“升、自下而上”，隐含着“费力”的意义。例如，杜甫《石壕吏》最后一句“天明登前途，独与老翁别”意思是天亮要继续出发赶路的时候，只同那个老翁告别。“登”本义是“升、自下而上”，隐含义为“费力”，这里说“登前途”暗含着前方的道路走起来很费力的意味，比喻在当时民不聊生的社会背景下，自己生活艰难、前途未卜。

由上可见，“登”侧重于动作本身，表示两脚向上走，隐含义是“费力”；“临”表示居于高处的一种状态，可以说是“登”的动作的结果，隐含义有“在……之上”“眼睛用力”。

解诗

观沧海

曹操

东临碣石，以观沧海。①
水何澹澹，山岛竦峙。②
树木丛生，百草丰茂。
秋风萧瑟，洪波涌起。③
日月之行，若出其中。
星汉灿烂，若出其里。④
幸甚至哉，歌以咏志。⑤

【注释】

①碣（jié）石：山名。碣石山，位于河北昌黎。公元207年秋

天，曹操征乌桓得胜回师时经过此地。

②何：多么。澹（dàn）澹：水波摇动的样子。竦峙（sǒngzhì）：耸立。竦，通“耸”，高。

③萧瑟：树木被秋风吹动的声音。洪波：汹涌澎湃的波浪。

④星汉：银河，天河。

⑤幸：庆幸。甚：很，非常。至：极点。

这首诗是建安十二年（207）九月曹操北征乌桓、消灭袁绍残留部队胜利班师途中登临碣石山时所作。诗人通过对大好河山的描写，表达了豪迈乐观的进取精神。

“东临碣石，以观沧海”中，“临”的意思是“登临”，其隐含义“在……之上”“眼睛用力”使诗人站在碣石山上居高临下眺望大海的形象呈现在读者眼前。如果换用“登”字则只能表现登山的动作和过程，而不能塑造诗人高瞻远瞩的具体形象。

“水何澹澹，山岛竦峙。树木丛生，百草丰茂。秋风萧瑟，洪波涌起”依次描写诗人在碣石山上所见的海面、山岛、树木、百草、秋风、波涛等景象；作者还发挥想象，说“日月之行，若出其中。星汉灿烂，若出其里”，极言沧海宏大的气势、海纳百川的胸怀，表现了作者自己博大的胸怀、开阔的胸襟、宏大的抱负，暗含一种要像大海容纳万物一样把天下纳入自己掌中的志向。

最后诗人以“幸甚至哉，歌以咏志”作结，说自己太幸运了，因此用诗歌来表达自己的心志，这是当时乐府诗惯用的结尾语句。

登楼

杜甫

花近高楼伤客心，万方多难此登临。①
锦江春色来天地，玉垒浮云变古今。②
北极朝廷终不改，西山寇盗莫相侵。③
可怜后主还祠庙，日暮聊为《梁甫吟》。④

【注释】

①客心：客居者之心。

②锦江：即濯锦江，岷江流经成都的一段。玉垒：山名，在四川都江堰西、成都西北。

③北极：星名，北极星，古人常用以指代朝廷。西山：指今四川一带当时和吐蕃交界地区的雪山。寇盗：指入侵的吐蕃集团。

④后主：刘备的儿子刘禅，三国时蜀国之后主。曹魏灭蜀，他辞庙北上，成为亡国之君。聊为：不甘心这样做而姑且这样做。《梁甫吟》：古乐府诗中一首葬歌。

这首诗是唐代宗广德二年（764）春杜甫在成都所作。当时诗人客居四川已是第五个年头。前一年正月安史之乱平定，十月又发生了吐蕃攻陷长安之事，不久郭子仪收复京师；年底，吐蕃再次入侵，并攻陷剑南、西山诸州。诗中“西山寇盗”即指吐蕃。当时不仅吐蕃多次入侵，唐朝还面临宦官专权、藩镇割据等困境，正是诗人所谓“万方多难”之时。

“花近高楼伤客心，万方多难此登临”，“登临”连用，其中“登”侧重于向上走的动作；“临”的隐含义“在……之上”侧重于登的结果——站在高处。“登”“临”组合成词后，虽然意义已经融合，但二者先后顺序不能改变。“临”的隐含义“眼睛用力”在这里表现为站在高楼之上极目远眺。“万方多难”说明登楼的时代背景，所以虽然眼前繁花似锦，对诗人来说也只能是“伤客心”。

“锦江春色来天地，玉垒浮云变古今”写诗人在高楼上之所见：锦江两岸蓬勃的春色铺天盖地而来，玉垒山上的浮云变幻莫测，就像古往今来世事的变迁。

“北极朝廷终不改，西山寇盗莫相侵。可怜后主还祠庙，日暮聊为《梁甫吟》”，写诗人触景生情后在高楼上的所思所想：大唐的朝廷像北极星一般不可动摇，吐蕃莫再前来骚扰入侵。可叹后主刘禅也能在祠庙里享受祭祀，日暮时分我要学孔明聊作《梁甫吟》。《梁甫吟》是诸葛亮遇刘备前喜欢诵读的乐府诗篇，诗人用这首乐府诗表达了对诸葛武侯的仰慕之意，同时表现自己空怀济世之心，苦无献身之路，只能于他乡登上高楼看落日的无限忧愁与悲愤。

秋思

张籍

洛阳城里见秋风，欲作家书意万重。
复恐匆匆说不尽，行人临发又开封。①

【注释】

①复恐：又恐怕。行人：指送信的人。临发：将出发。开封：拆开已经封好的家书。

这首诗借助对寄家书这样一个生活场景的描写，真切地表达了漂泊在外的游子对家乡亲人的深切怀念。

“洛阳城里见秋风，欲作家书意万重”，指诗人由洛阳城里刮起了秋风，不禁想到给家人写封信，心中有千万句话要跟家人说。

“复恐匆匆说不尽，行人临发又开封”，指诗人担心匆忙之间想说的话没有全部说出来，送信人即将出发，又再次把信打开检视。其中“临”修饰动词“发”，为副词。虚化为副词后，“临”的隐含义也随之脱落，此处意思为“将，正，当”。“行人临发又开封”这个细节表现了诗人对家乡亲人的深切思念。

九月九日忆山东兄弟[1]

王维

独在异乡为异客，每逢佳节倍思亲。[2]
遥知兄弟登高处，遍插茱萸少一人。[3]

【注释】

①九月九日：即重阳节。古代以九为阳数，故曰重阳。忆：想念。山东：指函谷关与华山以东。

②异乡：他乡、外乡。佳节：美好的节日。

③茱萸（zhūyú）：一种香草，古代人们认为重阳节插戴茱萸可以避灾克邪。

九月九日是重阳节，在中国有些地方，这一天有登高的习俗，登高时还要佩戴茱萸，据说可以避灾。这首诗是王维17岁时的作品，写得非常朴素，却有强烈的艺术感染力。

“独在异乡为异客，每逢佳节倍思亲”直入中心。“独”“异乡”“异客”直接表达了诗人远离家乡、独自漂泊异乡的切身感受，“倍”字生动表现了诗人平日的淡淡乡愁到了节日变得更加浓烈的情形。这句话虽然朴素无华，但精准地概括了客居异乡的游子的心绪，因此成为千古传诵的名句。

“遥知兄弟登高处，遍插茱萸少一人”中，诗人想象故乡的兄弟们今天登高时身上都佩戴了茱萸，但却缺少他一人，因而还是不圆满、有缺憾。诗人通过故乡兄弟登高缺少一人的情景来衬托自己独在异乡的孤独，这种角度的变换曲折有致，使诗的意象更具感染力。“登”在这里的意思是向上攀登，隐含义“费力”使诗句所表现的意象如在眼前。

登幽州台歌[1]

陈子昂

前不见古人，后不见来者。

念天地之悠悠，独怆然而涕下。[2]

【注释】

①幽州台：即黄金台，又称蓟北楼，故址在今河北，是燕昭王为招纳天下贤士而建。

②念：想到。悠悠：形容时间的久远和空间的广大。怆（chuàng）然：悲伤的样子。涕：古代指眼泪。

陈子昂是一个具有政治见识、才能的文人。他直言敢谏，一度因“逆党”株连而下狱。由于政治抱负不能实现，接连受到挫折，他登上蓟北楼，慷慨悲吟，写下了这首吊古伤今的《登幽州台歌》，抒发了自己怀才不遇、孤寂郁闷的心情。

“登”字出现在“登幽州台歌”中，在这里主要用于创设一个诗人登上高高的幽州台，站在幽州台上眺望远方的意象，为之后诗人的直抒胸臆提供了一个意境雄浑、视野开阔的宏大背景。

“前不见古人，后不见来者。念天地之悠悠，独怆然而涕下”，意思是自己向前看不见前贤古人，向后看不到未来英杰。看着浩大宽广的宇宙天地，想到沧桑易变的古今人事，不禁悲从中来，怆然流泪。这首诗雄浑阔大的背景与诗人慷慨悲凉的心绪融为一体，其空旷辽远的意境则从侧面衬托了诗人的孤独与失意。

小篆

落

“落”在古代本来的意思是“树叶脱落”，所以隐含“脱离”的意思。

小篆

坠

“坠”的字形像一只豕从山崖上摔下来。由于在“落”的意义中，树叶落下前与树木是连在一起的，而在“坠”的字形中，豕与山崖并不是一个整体，所以“坠”比“落”更容易发生。

说字

“落”字在《说文解字》中被解释为“凡艸曰零，木曰落”。据此，《汉语大字典》把“落”的本义说解为“树叶脱落”；慧琳《一切经音义》引《说文解字》时，将“落”解释为“草木凋衰也”，说明慧琳所见的《说文解字》对“落”的解释不限于树叶脱落，也包括草的花叶脱落。结合“艹”在汉字构形系统中的表意功能和“落”的意义，我们将“落”的构意概括为“草木花叶脱离”，与字形构意相切合的本义是“掉下来”，隐含义是“脱离母体，丧失依靠”。“落”的隐含义不仅对其使用对象有规范作用，也使古诗词中的相关意象具备丰富的象征意义。如张若虚《春江花月夜》“昨夜闲潭梦落花，可怜春半不还家”，显然是借落花“脱离母体”的意象象征诗人长期漂泊在外的孤独无依，抒发诗人内心的惆怅与哀伤。

如果说花朵脱离枝干掉落下来使人产生怜惜之情，那么秋天大量黄叶纷纷从高高的树上往下飘落的景象则给人更强烈的感官刺激，更具悲壮苍凉之感。诗词中常用树木落叶的意象表现漂泊无依的游子独自在外的孤独与悲凉。孟浩然《早寒江上有怀》“木落雁南度”中，“落”的隐含义“离开母体，丧失依靠”使“木落”意象具有象征意义，象征客居他乡的游子在茫茫尘世中飘荡无依的处境，表达诗人远离家乡漂泊的无比辛酸和思念家乡的深挚感情。

“落叶”有时也用来象征人老色衰。叶子由发芽到生长、飘落的过程与人逐渐衰老的过程十分相似，因此古诗词中经常用落叶意象表现人的衰老。如《诗经·卫风·氓》“桑之落矣，其黄而陨”用桑树叶变黄坠落的意象比喻女主人公的人老色衰；屈原《离骚》“惟草木之零落兮，恐美人之迟暮”以草木凋零象征人的衰老，诗人看到草木凋零，不禁担心自己的年华也像美人的青春一样很快消逝，其忧时伤世跃然纸上。

“坠”《说文解字》小篆作“”，整个字的构意是豕从山崖上掉下来。从“坠”的字形构意不仅可以概括出其本义“掉落”，还可以提取出隐含义“失去依凭”。

“坠”与“落”不仅具有相同的显性意义，隐含义也十分相近，但仔细体味，二者还是有差别的。“落”的构意是草木花叶掉落，草木花叶与母体枝干是连为一体的；“坠”的甲骨文构意是豕从山崖上掉下来，豕与山崖不是连在一起的整体。

“落”与“坠”的差别可用以下实例具体说明：屈原《离骚》“朝饮木兰之坠露兮，夕餐秋菊之落英”，其中“坠露”和“落英”

相对，分别指掉落的露珠和掉落的花朵。木兰是露珠停留的依凭，露珠与木兰没有连为一体，因此用“坠”；秋菊与枝干是相互连接在一起的，因此用“落”。因为“坠”的事物与其离开的事物并非连在一起，而“落”的事物与母体是连在一起的，所以“坠”比“落”更容易发生，成语“摇摇欲坠”不能改成“摇摇欲落”也可说明这一点。“坠露”与“落英”中动词“坠”和“落”的使用非常准确传神。

“坠”和“落”都有使动用法，意思是“使……掉落”，掉落的物体与掉落之处是否连成一个整体始终是区别它们的关键。李峤的《风》中“解落三秋叶，能开二月花”，“落”是使动用法，意思是秋风使叶子脱离母体枝干掉下来。赵师秀《约客》“有约不来过夜半，闲敲棋子落灯花”，其中“落”也是使动用法，意思是使灯花脱离灯芯而掉下来。显然，“三秋叶”与枝干、“灯花”与灯芯本是连在一起的整体，因此这两处用“落”不用“坠”。白居易《江亭玩春》“日消石桂绿岚气，风坠木兰红露浆”，其中“坠”是使动用法，意思是风使红色露珠从木兰花上掉落下来，露珠与木兰花不是一个整体，木兰只是露珠停留的依凭之处，因此这里用“坠”不用“落”。

“坠”和“落”有时可以互相替代。如贯休《秋末江上望》“莽莽古江滨，纷纷坠叶频”，其中“坠叶”就是“落叶”，但“坠”和“落”隐含义的不同使“坠叶”和“落叶”小有差别：“坠叶”比“落叶”更能体现秋天叶子容易脱落的特点。如果将这些细微差别忽略不计，则二者可以互换。李煜《喜迁莺》“晓月坠，宿云微，无语枕频欹”和张继《枫桥夜泊》“月落乌啼霜满天，江枫渔火对愁眠”，都是对清晨的月亮进行描写，一个用“坠”，一个用“落”，两者意义和用法都相同，但“坠”比“落”显得更为轻盈。李白《古朗月行》“羿昔落九乌”，陶渊明《归园田居》“误落尘网中”，其中的“落”都可换为“坠”。

解诗

江南逢李龟年[1]

杜甫

岐王宅里寻常见，崔九堂前几度闻。[2]
正是江南好风景，落花时节又逢君。

【注释】

①李龟年：唐代著名音乐家，受唐玄宗赏识，后流落江南。

②岐王：唐玄宗李隆基的弟弟，名叫李范，以好学爱才著称，雅善音律。寻常：经常。崔九：即崔涤，在兄弟中排行第九。玄宗时，曾任殿中监，出入禁中，得玄宗宠幸。

这首诗的写作背景是安史之乱后杜甫漂泊到湖南一带，和流落民间的宫廷歌唱家李龟年重逢。诗人回忆起在岐王和崔九的府邸与李龟年频繁相见的情景，感慨万千，写下了这首反映家国沧桑的诗。

首联“岐王宅里寻常见，崔九堂前几度闻”是说自己在江南遇到著名歌唱家李龟年时不禁感慨，过去在岐王府中经常与他见面，多次在崔九堂前听他唱歌。

尾联“正是江南好风景，落花时节又逢君”说现在正是江南景色美好的时候，落花时节又和李龟年相逢。

诗中用“落花时节”点明诗人与李龟年相逢的时间是暮春，其实“落花”的意象具有深刻的象征意义。“落花”的意思是已经离开枝头掉下来的花朵，“落”的隐含义“脱离母体，丧失依靠”使“落花”意象常用来象征漂泊无依的处境与不幸遭遇。而诗中作者与李龟年当年一个是才华卓著的诗人，一个是著名歌唱家，安史之乱后分别流落到江南一带，处境极为凄凉，这种相逢触发了诗人对时世凋零与人生凄凉的感慨。因此此处的“落花时节”不仅是指称他们相逢的时间，也暗喻诗人的衰病漂泊，以及世运的衰颓和社会的动乱，抒发了诗人胸中郁积的无限沧桑之感。

己亥杂诗

龚自珍

浩荡离愁白日斜，吟鞭东指即天涯。①
落红不是无情物，化作春泥更护花。②

【注释】

①吟鞭：诗人的马鞭。天涯：天边。

②落红：落花。

《己亥杂诗》是龚自珍的代表作。当时诗人辞官南归故里，后又北上接取家眷，这组诗就是在往返途中创作的。本诗着重表达了诗人辞官的决心，以及离开仕途却依然不忘报效国家的崇高精神。

“浩荡离愁白日斜”写诗人离别京都的愁思浩荡无边，向着日落西斜的远处延伸开去。

“吟鞭东指即天涯”说诗人的马鞭向东方一挥，便走向远在天涯的家乡。“天涯”表现故里距离京城非常遥远，再回京城很不容易，可见诗人内心的不舍与伤感。

“落红不是无情物，化作春泥更护花”，其中“落红”就是指落花。如前面所析，“落花”的意思是已经离开枝头掉下来的花朵，“落”的隐含义“脱离母体，丧失依靠”使“落花”意象常被用来象征漂泊无依的处境与不幸遭遇。这里用“落红”而不用落花，用花的典型颜色“红”指代花朵，不仅更形象可感，而且使“红”隐含的喜庆意味减弱了“落花”意象的凄苦沧桑之感。这与本诗主旨十分吻合。诗人对于自己即将脱离官场和京城，再难返回，怀着无限的伤感与不舍，但他没有停留在伤感中，而是笔锋一转，用“化作春泥更护花”表现自己的豁达与执着——即使落到地上变作春天的泥土，也要培育、滋润花朵——这表明诗人虽然离开仕途，但依旧关心国家命运，不忘报国。用“落红”代替“落花”，巧妙地将“落”隐含的悲伤凄苦之情淡化并转为豁达而乐观的大爱，可见诗人选词炼字的精准与巧妙。

春晓

孟浩然

春眠不觉晓，处处闻啼鸟。[1]

夜来风雨声，花落知多少。

【注释】

①晓：天刚亮的时候。

“春晓”的意思是春天的早晨。这首诗描写诗人在春天早晨刚刚醒来，听到四周的鸟叫声，联想到夜里的风雨不知把花朵摇落多少之事，表现了诗人对花朵的怜惜和对春天的热爱。

“春眠不觉晓，处处闻啼鸟。”写诗人春日早晨睡得很沉，竟然没有发觉天已经破晓，醒来听见到处都是鸟鸣声。这句诗一下子把读者带入春天清晨到处都是欢快鸣叫的鸟儿的场景，充满了雨过天晴的清新和美好。

“夜来风雨声，花落知多少”，意思是夜里听到刮风下雨的声音，不知道花儿给吹落了多少。这里“花落”与“落花”的意思不同。“落花”指已经离开枝头掉下来的花朵，描述的是一种静态的意象；“花落”的意思是花朵从枝头掉落，是一种动态的场景。花朵的美丽芬芳与“落”的隐含义“脱离母体，丧失依靠”，使“花落”这种动态意境容易使人对花产生怜惜之情，从中可见诗人对大好春光的热爱。

闻王昌龄左迁龙标遥有此寄[①]

李白

杨花落尽子规啼，闻道龙标过五溪。[②]
我寄愁心与明月，随君直到夜郎西。[③]

【注释】

①王昌龄：唐代诗人，天宝（唐玄宗年号，742—756）年间被贬为龙标县尉。左迁：贬谪，降职。古人尊右卑左，因此把降职称为左迁。龙标：古地名，唐朝置县，今湖南怀化一带。

②杨花：柳絮。子规：即杜鹃鸟，其啼声哀婉凄切。五溪：一般认为是雄溪、巫溪、酉溪、潕溪、辰溪的总称，在今湖南怀化。

③与：给。夜郎：汉代中国西南地区少数民族建立的政权，称为夜郎。

这首诗是李白为好友王昌龄贬官而作的抒发感愤、寄以慰藉的诗作。

按照字典对“落”“尽”的解释，“杨花落尽”意思是柳絮飘飞，全都落下去了，表现的是一个静止的状态；如果把“落”的隐含义“脱离母体，丧失依靠”和“尽”的隐含义“逐渐减少的动态过程”显性化并融进对诗句的理解中，那么“杨花落尽”展现给读者的是杨花纷纷从枝头掉落直至完全落干净的动态景象；杨花的特点是非常轻、如丝如绵，它脱离母体下落时，往往随风起舞、漫天翻飞，给人漂泊无定的感觉。诗人用“杨花落”的意象和子规鸟“不如归去”的啼叫声衬托王昌龄被贬的飘零失所和离别之恨，情景交融，感人至深。

“闻道龙标过五溪”说明了这首诗的写作原因和背景。意思是：听说你遭贬了，被贬到龙标去，龙标地方偏远，要经过五溪。

“我寄愁心与明月，随君直到夜郎西”，意思是：我把我忧愁的心思寄托给皎洁的月亮，希望它能随着风一直陪着你到夜郎以西。诗人把明月看作一个能够为自己传递消息的知心人，请它把自己对朋友的怀念和同情带到辽远的夜郎之西，交给那不幸的迁谪者王昌龄。

燕歌行

曹丕

秋风萧瑟天气凉，草木摇落露为霜，群燕辞归雁南翔。念君客游思断肠，慊慊思归恋故乡，君何淹留寄他方。[1]贱妾茕茕守空房，忧来思君不敢忘，不觉泪下沾衣裳。援琴鸣弦发清商，短歌微吟不能长。[2]明月皎皎照我床，星汉西流夜未央。[3]牵牛织女遥相望，尔独何辜限河梁。[4]

【注释】

①慊慊：空虚之感。淹留：久留。

②清商：乐名。清商音节短促，所以下句说“短歌微吟不能长”。

③星汉西流：就是银河转向西，表示夜已很深了。夜未央：夜已

深而未尽的时候。

④河梁：河上的桥。传说牵牛和织女隔着天河，只能在每年七月七日相见，喜鹊为他们搭桥。

这是现存最早的一首完整的七言诗，叙述了一位女子对丈夫的思念。这首诗的突出特点是写景与抒情的巧妙交融。

开篇以“秋风萧瑟天气凉，草木摇落露为霜，群燕辞归雁南翔”写秋风萧瑟、草木零落、白露为霜、候鸟南飞的景象，描写这萧条的秋景，目的是引出思妇的怀人之情，映照她内心的苦闷寂寞。其中“草木摇落”的“落”包含着“脱离母体，丧失依靠”的隐含义，这里是用“草木摇落”的意象来象征女子所怀之人独自漂泊在外的孤寂悲苦，也为后面直接抒情烘托了气氛。

“念君客游思断肠，慊慊思归恋故乡，君何淹留寄他方？贱妾茕茕守空房，忧来思君不敢忘，不觉泪下沾衣裳”直抒胸臆，与上面的景物描写相互映衬。女子先是想象丈夫客游“思归恋故乡”的痛苦与悲伤，继而不理解他为何迟迟不归而“淹留寄他方”；又转写思妇独守空房的寂寞和对丈夫的思念，表现了思妇孤寂苦闷的心情。

“援琴鸣弦发清商，短歌微吟不能长”，在极度无聊与苦闷中，思妇想借弹琴来排遣，她取过瑶琴想弹一支清商曲，以遥寄自己难以言表的衷情，但是却怎么也唱不成一曲柔曼动听的长歌，这表现了思妇极度的痛苦和哀伤。

“明月皎皎照我床，星汉西流夜未央。牵牛织女遥相望，尔独何辜限河梁”写思妇的所见与所思：月光照在空荡荡的床上，抬头仰望碧空，银河已经向西移动，说明夜已深沉；银河两侧的牛郎星和织女星遥遥相望，他们到底有什么罪过而被隔断在银河两边，只能在鹊桥上相会呢？这里借牛郎与织女被阻隔分离之传说，表现思妇与丈夫长期分离的不幸与痛苦。

该诗采用借景抒情、情景交融的手法，表现了游子客居他乡的孤苦无依和思妇独守空房的寂寞苦闷。

登高

杜甫

风急天高猿啸哀，渚清沙白鸟飞回。①
无边落木萧萧下，不尽长江滚滚来。②
万里悲秋常作客，百年多病独登台。③
艰难苦恨繁霜鬓，潦倒新停浊酒杯。④

【注释】

①猿啸哀：猿的叫声凄厉。渚（zhǔ）：水中的小块陆地。回：回旋。

②落木：指秋天飘落的树叶。萧萧：模拟草木飘落的声音。

③常作客：长期漂泊他乡。百年：这里借指晚年。

④苦恨：极其遗憾。苦，极。繁霜鬓：形容白发多，如鬓边着霜雪。繁，这里用作动词，增多。潦倒：困顿、失意。新停：刚刚停止。

这是一首重阳登高感怀的诗，诗人通过描写登高所见秋景，表现了自己长年漂泊的孤苦和年老多病的潦倒忧愁。

首联“风急天高猿啸哀，渚清沙白鸟飞回”通过“风”“天”“猿”“渚”“沙”“鸟”六种事物描写了诗人登高看到的一幅天高风急、秋气肃杀、清清河洲、白白沙岸、鸥鹭低翔、猿啼哀啸的悲凉秋景，为全诗定下基调。

“无边落木萧萧下”中，用“无边”修饰“落木”，使落木意象更加高远壮阔，加重了诗句悲壮苍凉的色彩，与“不尽长江滚滚来”相呼应，创设了一个宏伟壮阔的巨大场面，为下文直抒胸臆提供了一个深远、悲凉、壮阔的背景。显然，“无边落木萧萧下”不仅是对深秋自然景象的客观描写，其中还蕴含着深层的象征意义——象征着诗人长期漂泊在外产生的深重孤苦与悲怆无依的心境，因此下一句“万里悲秋常作客”与之自然相接，将诗人长期远离家乡客居在外的凄楚心境融入其中。这里的“落木”不仅是深秋季节的典型景象，“落”的隐含义“离开母体，丧失依靠”也象征了诗人长期漂泊在外的孤苦无依。这种借景抒情、情景交融的象征手法表现了作者高超的艺术才能。

“万里悲秋常作客，百年多病独登台”写诗人长期远离家乡的漂泊无依和年老多病。“常”说明远离家乡漂泊在外是诗人的生活常态，“独”字通过诗人年老多病却独自登上高台，表现了诗人的孤苦心酸。

尾联“艰难苦恨繁霜鬓，潦倒新停浊酒杯”写艰难困苦使诗人白发日多，诗人因生活日益窘迫潦倒而不得不戒酒停杯。

商山早行[①]

温庭筠

晨起动征铎，客行悲故乡。[②]
鸡声茅店月，人迹板桥霜。
槲叶落山路，枳花明驿墙。[③]
因思杜陵梦，凫雁满回塘。[④]

【注释】

①商山：山名，又名尚阪、楚山，在今陕西商洛东南山阳与丹凤交界处 。

②动征铎：震动出行的铃铛。征铎，车行时悬挂在马颈上的铃铛。铎，大铃。

③槲（hú）：陕西山阳生长的一种落叶乔木。叶子在冬天虽枯而不落，春天树枝发芽时才落。枳（zhǐ）：也叫“臭橘”，一种落叶灌木或小乔木。春天开白花。驿（yì）墙：驿站的墙壁。

④杜陵：地名，在长安城南，这里指长安。凫（fú）：野鸭。回塘：岸边曲折的池塘。

这首诗描写了旅途中寒冷凄清的早行景色，抒发了游子在外的孤寂之情和浓浓的思乡之意。

首联“晨起动征铎，客行悲故乡”，意思是自己清晨伴随着马铃声出发，在他乡旅行，不禁怀念自己的故乡。

“鸡声茅店月，人迹板桥霜”，指鸡鸣声声，村野客店上空残月高悬；被霜覆盖的木板桥上留下了清晰的脚印。鸡鸣声、残月、板桥上孤独的脚印都照应了题目中的“早行”二字。

“落”字出现在“槲叶落山路”中，“槲”是陕西山阳生长的一种落叶乔木，叶子在冬天虽枯而不落，春天树枝发芽时才落，可见这里的“槲叶落山路”写的是春天。作者写春天，没有选择写绚烂的春花，也没有选择写刚发的嫩芽，而是选择“槲叶落”这种算不上典型的春天的意象作为描写对象。这是因为“落”的隐含义“离开母体，丧失依靠”可以与“客行悲故乡”相映衬，烘托游子在外的孤寂之情和浓浓的思乡之意，从而表达作者人在旅途的失意和无奈。

“枳花明驿墙”写枳树白花绽放，映亮原本暗淡的驿店之墙。

“明”字表现了枳树上的白花在清晨天色中显得格外耀眼的景象，再次呼应了“早行”二字。

“因思杜陵梦，凫雁满回塘”，指诗人想起昨夜在梦中出现的故乡杜陵的景色，岸边曲折的池塘中满是自由自在的野鸭。这里通过故乡景象出现在梦中，表现了诗人对故乡的思念和向往，与前面“槲叶落”的意象相呼应，表现了漂泊在外的游子的思乡之情。

题芭蕉叶上

张仁宝

寒食家家尽禁烟，野棠风坠小花钿。①
如今空有孤魂梦，半在嘉陵半锦川。

【注释】

①寒食：在清明前一日或两日，以禁火为习俗。

忽略略显奇幻的附会本事，这首诗描写了一个游子离乡背井的离愁与思乡之情，风格清新自然。

首句“寒食家家尽禁烟，野棠风坠小花钿”点明诗歌的写作时间是在寒食前后，此时家家禁火，诗人在棠梨上看到被风吹落的花钿。“坠”此处是使动用法，意思是使小花钿从脸上掉落。“花钿”是古代妇女脸上的一种饰品，当然并非脸的一部分，因此此处用“坠”不用“落”。

“如今空有孤魂梦，半在嘉陵半锦川”表现了诗人身居异地对故乡的魂牵梦萦。

小篆

骑

“骑”在古代原本指骑马，所以隐含“两腿分开”的意思。

甲骨文

小篆

乘

“乘”本来的意思是“登”，看起来就像一个人登上树木，因此有“加在……之上”的意思，比起“骑”，它可以用于更多对象：既可以用于能够骑跨的事物，也可以用于不能两腿分开跨着的事物。

说字

“骑”字以“马”为部首,《说文解字》释“骑”为“跨马也”,段玉裁注解释为“两髀跨马谓之骑,因之人在马上谓之骑”。“骑”的本义是骑马、跨马。《释名·释姿容》认为“骑,支也,两脚枝别也”,即“骑”与“支”是同源关系,“骑”隐含着“分叉、分支”的特点,因此,我们把“两腿分开”归纳为“骑”的隐含义。

李白《梦游天姥吟留别》“且放白鹿青崖间。须行即骑访名山”中,“骑”的对象是白鹿。“骑”的隐含义“两腿分开”形象展现了诗人骑着白鹿在长满青草的山间飞奔的形象,这是多么飘逸、多么潇洒、多么浪漫!这个意象表现了诗人对神仙世界的向往、对自由生活的渴慕,以及对黑暗现实的鄙弃。

“骑”引申为名词时读作“jì”,指骑马人,也可以用作马和骑马人的合称,还可以专指人所骑之马。白居易《卖炭翁》“翩翩两骑来是谁”中,“骑”的隐含义“两腿分开”使“两骑”即“骑在马上的人”的形象显得非常具体生动,“翩翩”则使骑马者轻快飞奔而来的形象如现眼前。苏轼《江城子·密州出猎》“千骑卷平冈”和白居易《琵琶行》“铁骑突出刀枪鸣”中，“骑”的意思都是“骑马的人和马的合称”。而《木兰辞》“但闻燕山胡骑鸣啾啾”中，用“鸣啾啾”形容“胡骑”，显然“胡骑”指的是胡人的战马，这里的“骑”的隐含义则基本上脱落了。

“乘”字甲骨文作“”或“”，像人登上树之形态；鄂君启节上作“”，下部的树形构件变为像小矮桌的“几”，并突出人的两脚之形，整个字像人登上几之形态；《说文》中古文作“”，与鄂君启节上的字形构意一致；小篆字形作“”，像人登上树之形状，与甲骨文相比增加了双脚形构件。与“乘”的古文字构意相切合的“乘”的本义是“登、升”，《释名·释姿容》中提及“乘，升也，登亦如之也”，说明“登、升”与“乘”不仅有同义关系，也有同源关系。《说文解字》认为“乘，覆也”，“覆”的意思就是覆盖，即“加在……之上”，显然“覆也”不是“乘”的本义，而是其意义特点，这个特点恰恰与“乘”的古文字构意“人登上树或登上几”相一致，因此我们认为“加在……之上”即“乘”的隐含义。《广韵·蒸韵》“驾也”“胜也”也是对“乘”的引申义的解释，这些引申义都包含隐含义“加在……之上”。

“乘”的对象范围比较广，既可以是具体事物，又可以是抽象事物；既可以是宽度较小而两腿能够分跨两侧的事物，也可以是较宽而无法骑跨的事物。如《诗经·卫风·氓》“乘彼垝垣，以望复关”，其中“乘”就是“登、升”的意思，“乘”的对象是“垝垣”，即破败的墙。显然,“乘彼垝垣”的意思是登上那破败的墙,目的是“以望复关”,即盼望着早点看见男子返回时在城门出现的身影。这里女主人公在墙垣上的姿势应该是站立状,因为她登上垝垣的目的就是要站得高、望得远。对女主人公“站立”姿态的推想并非源自“乘”的意义,而是来自语境。这也从反面说明“乘”的隐含义“加在……之上”对于动作姿态没有具体限制。正是“乘”的这个特点,使人们可以“乘”的对象非常多。如李白《赠汪伦》“李白乘舟将欲行,忽闻岸上踏歌声”,孟浩然《夜归鹿门歌》“人随沙路向江村,余亦乘舟归鹿门”,其中“乘”的都是“舟”,“乘”的意义特点“加在……之上”决定了“乘舟”的说法主要用于对所搭乘的交通工具进行说明,对于乘舟之人的动作姿态没有做描述。

苏轼《水调歌头》“我欲乘风归去,又恐琼楼玉宇,高处不胜寒”,其中“乘”的对象是“风”,归去的地方是天上,充满浪漫主义色彩,“乘”反映的动作姿态较模糊这一点,正与词中充满幻想的迷离色彩相契合。

“乘”反映的动作较模糊这一点进一步发展,就使“乘”引申为虚词,即介词“趁着、凭借”。如陆游《游山西村》“从今若许闲乘月,拄杖无时夜叩门”,张若虚《春江花月夜》“不知乘月几人归?落月摇情满江树”,陶渊明《归去来兮辞》“聊乘化以归尽,乐夫天命复奚疑”,柳永《望海潮》“乘醉听箫鼓,吟赏烟霞”。从以上介词“乘”的宾语“月”“化(自然变化)”“醉”可以看出,介词“乘”的意义比较虚,可根据宾语和语境的不同分别译为“趁着”“凭借”等。

“乘”和“骑”隐含义的不同，决定了使用它们的习惯与他们的语用功能的不同。如《史记·袁盎晁错列传》“百金之子不骑衡，圣主不乘危而徼幸”，“骑”的对象是“衡”，指古代殿边的栏杆，“骑衡”的意象非常具体，展现了人将两腿分开跨在栏杆两边的具体形象；“乘”的对象是“危”，具有抽象性和概括性，“乘危”的意思是“冒险”。显然，“乘”的隐含义“加在……之上”决定了其宾语可以是具体名词，也可以是抽象名词。

解诗

所见

袁枚

牧童骑黄牛，歌声振林樾。①
意欲捕鸣蝉，忽然闭口立。②

【注释】

①牧童：指放牛的孩子。振：震荡。林樾：指道旁成荫的树。

②鸣：叫。

题目《所见》说明这首诗所写的内容是诗人所见到的一个场景。在诗中，诗人形象地再现了牧童天真烂漫、无忧无虑的生活。

“牧童骑黄牛”，“骑”的隐含义“两腿分开”在这里表现为牧童两腿分开跨在黄牛脊背两侧，具体而生动；“黄”字为诗中意象增添了色彩，使之更具画面感。“歌声振林樾”中，“振”的意思是“震荡”，“振林樾”意思是震荡在整个树林中，说明牧童歌声非常嘹亮。这一联为读者勾画了一幅牧童骑着黄牛在林间散漫前行、高声歌唱的图画，这幅图画意象具体、色彩鲜明、有声有色。

下联“意欲捕鸣蝉，忽然闭口立”，用“闭口”和“立”两个动词把牧童的动作、神态变化惟妙惟肖地表现出来。“闭口”意思是紧闭嘴巴，“立”是站在原地不动，以这两个词刻画牧童由原来的骑牛慢行、自由歌唱到紧闭嘴巴、一动不动的变化，非常传神。让牧童突然变得如此安静的原因是“意欲捕鸣蝉”，“鸣”字又为这静止的画面增加了“知了、知了、知了……”的音响效果。

总之，这首诗写出了牧童从动到静的变化，这种变化既突然又自然，使小牧童天真烂漫的形象活灵活现地凸显出来。

长干行（节选）①

李白

妾发初覆额，折花门前剧。
郎骑竹马来，绕床弄青梅。②
同居长干里，两小无嫌猜。③

【注释】

①长干行：属乐府《杂曲歌辞》调名。

②床：井栏，后院水井的围栏。

③长干里：地名，在今南京，当年系船民集居之地，故《长干曲》多抒发船家女子的感情。

这首诗以一位居住在长干里的商妇自述的口气，叙述了她在各个阶段的生活，通过描绘生动具体的生活场景，在读者面前展开了一幅幅鲜明生动的画面。节选的这部分主要表现商妇孩童时期与后来的丈夫两小无猜的快乐生活。

“妾发初覆额，折花门前剧”意思是：我的头发刚刚盖住额头，便同你一起在门前做折花的游戏。“发初覆额”说明女主人公当时处于孩童时期，“折花门前剧”生动地表现了两个天真的孩童一起在门前“过家家”的场景。

“郎骑竹马来，绕床弄青梅”后来演变为成语“青梅竹马”。“骑”的隐含义“两腿分开”在这里表现为小男孩两腿分跨竹竿两侧，把竹竿当作马的形象，“绕床”指明“骑竹马”的地点；“弄青梅”意思是手里把玩着青梅。通过小男孩两腿分跨竹竿两侧，把竹竿当作马骑着绕着井栏跑，手里还把玩着梅子的举动，诗人表现了两个儿童的天真无邪、活泼可爱。显然，“骑”的隐含义在这里使诗句所描写的意象更加具体形象。

“同居长干里，两小无嫌猜”讲明两个人同在长干里居住，一起长大，相互之间从小就没什么猜忌。这句诗后来演变为成语“两小无猜”。

以上六句诗，宛若一组民间孩童嬉戏的风情画卷，表现了女主人公与丈夫孩童时期快乐无忧的生活。

从军行①

杨炯

烽火照西京，心中自不平。②
牙璋辞凤阙，铁骑绕龙城。③
雪暗凋旗画，风多杂鼓声。④
宁为百夫长，胜作一书生。⑤

【注释】

①从军行：乐府旧题，属《相和歌辞·平调曲》，多以军旅战争之事为题材。

②烽火：古代边防报警的信号。

③牙璋：调兵的符牒。由两块合成，朝廷和主帅各执其半，嵌合处呈牙齿状。这里代指奉命出征的将帅。凤阙：汉武帝所建的建章宫

上有铜凤，故称凤阙。后来常用作帝王宫阙的泛称。铁骑：精锐的骑兵，指唐军。龙城：汉代匈奴祭天之处，故址在今蒙古国鄂尔浑河东侧。这里泛指敌方要塞。

④凋：原意是草木枯败凋零，此处指失去了鲜艳的色彩。

⑤百夫长：泛指下级武官。

这首诗以乐府旧题“从军行”为题，描写一个读书人从军边塞、参加战斗的全过程。

首联“烽火照西京，心中自不平”写边塞的报警烽火传到西京长安，主人公因此心情不能平静，激起了爱国热情。

颔联“牙璋辞凤阙，铁骑绕龙城”写主帅率军辞别京城，奉旨奔赴前线作战，精锐骑兵以排山倒海之势包围敌国城堡。“骑”本是动词，意思是“跨马”，这里用作名词，是“骑马的人和马的合称”，“骑”的隐含义“两腿分开”在这里具体表现为将士两腿分开跨在马上。“铁骑”说明了骑兵的威力无穷，“绕”字则生动表现了铁骑把敌国城堡团团包围的景象。

颈联“雪暗凋旗画，风多杂鼓声”抓住了隆冬自然界的“雪”和“风”两种意象，刻画了两军对峙时的悲壮场面，意思是大雪纷飞，使军旗黯然失色；狂风怒吼，夹杂咚咚战鼓声。

尾联“宁为百夫长，胜作一书生”意思是：我宁愿做一个低级军官为国冲锋陷阵，也胜过当个手无缚鸡之力的书生。本联表达了初唐广大知识分子为国建功立业的共同心愿。

塞下曲[①]

卢纶

月黑雁飞高，单于夜遁逃。[②]

欲将轻骑逐，大雪满弓刀。[③]

【注释】

①塞下曲：古代边塞的一种军歌。

②单于（chányú）：匈奴的首领。这里指入侵者的最高统帅。遁：逃走。

③将：率领。轻骑：轻装、行动迅速的骑兵。逐：追赶。

这首诗很短，主要写一位将军在雪夜准备率兵追敌的壮举。

首句“月黑雁飞高，单于夜遁逃”，指在月亮被云遮掩、一片漆黑、宿雁被惊得高高飞起的夜晚，敌军将领偷偷地逃跑了。

尾句“欲将轻骑逐，大雪满弓刀”指将军要率领轻装骑兵去追击，准备出发之际下起一场纷纷扬扬的大雪，刹那间弓刀上落满雪花。显然，这里的“骑”也是名词，指骑兵，即骑马的人与马的合称；“骑”的隐含义“两腿分开”具体表现为将士两腿分开跨在马上，“轻骑”就是轻装的骑兵。最后一句“大雪满弓刀”是对严寒景象的描写，突出表现了战斗的艰苦和将士们奋勇的精神。

行路难[1]

李白

金樽清酒斗十千，玉盘珍羞直万钱。[2]
停杯投箸不能食，拔剑四顾心茫然。
欲渡黄河冰塞川，将登太行雪满山。
闲来垂钓碧溪上，忽复乘舟梦日边。[3]
行路难，行路难，多歧路，今安在？
长风破浪会有时，直挂云帆济沧海。

【注释】

①行路难：乐府古题，属《杂曲歌辞》。

②珍羞：名贵的菜肴。

③垂钓碧溪上：传说吕尚未遇周文王时，曾在磻溪（今陕西宝鸡东南）垂钓。乘舟梦日边：传说伊尹见汤以前，梦乘舟过日月之边。

这首诗写作于天宝元年（742）李白奉诏入京后，担任翰林供奉，却没被唐玄宗重用，还受到权臣的谗毁、排挤，两年后被

“赐金放还”，变相撵出长安时。李白被逼出京，朋友们都来为他饯行，求仕无望的他深感仕途的艰难，满怀愤慨地写下这篇《行路难》。

“金樽清酒斗十千，玉盘珍羞直万钱”，写朋友不惜金钱，设下盛宴为李白饯行。诗人面对这美酒佳肴，却“停杯投箸不能食，拔剑四顾心茫然”，即放下端起的酒杯，扔掉拿起的筷子，一点儿也吃不下去。他离开座席，拔下宝剑，举目四顾，心绪茫然。“停”“投”“拔”“顾”四个连续的动作，形象地体现了他内心的苦闷抑郁和感情的激荡变化。

“欲渡黄河冰塞川，将登太行雪满山”，以黄河结冰、太行雪满两个意象比喻人生道路上的艰难险阻，生动形象。

“闲来垂钓碧溪上，忽复乘舟梦日边”中，由于“乘”的隐含义是“加在……之上”，与“骑”相比动作姿态不具体，意义相对抽象，“乘”的对象既可以是具体事物，也可以是抽象事物。这里“乘”的对象是“舟”，但因为“乘”不能具体表现舟上之人的动作姿态，所以这里的“乘”虽然可以解释为“乘坐”，但其中的“坐”的意义比较虚，并不是“坐着”的意思，而是“搭乘”的意思。这两句诗运用了两个典故，前一句说姜尚80岁在磻溪钓鱼，得遇文王，后一句说伊尹在受商汤任用前曾梦见自己乘舟绕日月而过。姜尚和伊尹一开始在仕途上并不顺利，但最后大有作为，诗人这里提到这两个大器晚成的人物，显然是用他们的经历给自己增加面对挫折的勇气和信心。这说明面对挫折和逆境，诗人没有彻底消沉，仍对未来充满希望和不懈的追求。

“行路难，行路难，多歧路，今安在？”是作者发出的强烈慨叹。眼前这么多歧路，自己到底要走哪条路呢？出路在哪里呢？面对眼前的现实，诗人慨叹人生道路的艰难。

“长风破浪会有时，直挂云帆济沧海。”诗人相信有一天自己将会像刘宋时宗悫所说的那样，乘长风破万里浪，挂上云帆，横渡沧海，到达理想的彼岸。可见诗人虽然苦闷彷徨，但并未退缩，而是对未来充满了信心。

整首诗表现了诗人层层叠叠的感情起伏，既充分表现了黑暗现实对诗人宏大理想抱负的阻碍和诗人内心强烈的苦闷、愤郁和不平，又突出表现了诗人的倔强、自信和他对理想的执着追求，展示了诗人力图从苦闷中挣脱出来的强大精神力量。

黄鹤楼①

崔颢

昔人已乘黄鹤去，此地空余黄鹤楼。
黄鹤一去不复返，白云千载空悠悠。②
晴川历历汉阳树，芳草萋萋鹦鹉洲。③
日暮乡关何处是，烟波江上使人愁。④

【注释】

①黄鹤楼：古代名楼，旧址在湖北武昌黄鹤矶上，俯见大江，面对大江彼岸的龟山。

②悠悠：久远的意思。

③晴川：阳光照耀下的江面。历历：清晰、分明的样子。萋（qī）萋：草盛貌。鹦鹉洲：在湖北武昌西南。

④乡关：故乡家园。烟波：暮霭沉沉，烟雾笼罩的样子。

黄鹤楼原址在湖北武昌黄鹤矶上，传说三国时代蜀汉大将费祎在黄鹤楼上驾鹤升仙。诗人登黄鹤楼，览眼前景物，即景生情，诗兴大发，创作了这首诗。

“昔人已乘黄鹤去，此地空余黄鹤楼。黄鹤一去不复返，白云千载空悠悠”，意思是过去的仙人已经乘坐黄鹤飞走了，这里只留下一座空荡荡的黄鹤楼；黄鹤一去再也没有回来，千百年来只剩悠悠的白云。这里的“乘”是否可以换作“骑”呢？“骑”包含着“两腿分开”的特点，意义比较具体，“骑黄鹤”就是把两腿分跨在黄鹤身体的两侧，图画感很强。显然，用来写世俗景象，“骑”比“乘”更形象、更具体。然而，这里的“昔人”指的是“仙人”，“乘黄鹤”是有关仙人的传说，是一种想象中的意象，因此用“乘”字这种略带模糊性的动词更能表现仙人的神秘，更能体现“昔人”的仙气。

“晴川历历汉阳树，芳草萋萋鹦鹉洲。日暮乡关何处是，烟波江上使人愁”，实写诗人在黄鹤楼上的所见和所感，意思是阳光照耀下，汉阳的树木清晰可见，鹦鹉洲被一片碧绿的芳草覆盖。天色已晚，眺望远方，故乡在哪儿呢？眼前只见一片雾霭笼罩江面。这样的景象给人带来深深的愁绪。

龟虽寿

曹操

神龟虽寿，犹有竟时。①
腾蛇乘雾，终为土灰。②
老骥伏枥，志在千里。③
烈士暮年，壮心不已。④
盈缩之期，不但在天。⑤
养怡之福，可得永年。⑥
幸甚至哉，歌以咏志。

【注释】

①竟：尽、完。

②腾蛇：传说中与龙同类的神物，能兴云驾雾。

③骥：千里马。枥：马槽。

④烈士：有志于建功立业的人。暮年：晚年。已：停止。

⑤盈缩：指人的寿命长短。盈，长。缩，短。但：仅、只。

⑥养怡：保养身心健康。

这首诗是曹操《步出夏门行》四首中的最后一首。诗中熔哲理思考、慷慨激情和艺术形象于一炉，表现了诗人老当益壮、积极进取的人生态度。

“神龟虽寿，犹有竟时。腾蛇乘雾，终为土灰”，“乘”的隐含义“加在……之上”没有描绘具体的动作姿态，意义有一定宽泛性和模糊性；“乘”的行为主体是传说中能乘云升天的龙类动物腾蛇，行为对象是“雾”。“乘”动作姿态模糊而较“虚”的特点，恰恰适合表现腾蛇驾驭“雾”飞行的神仙之气。这段话的意思是神龟虽然长寿，但也有死亡的时候。腾蛇尽管能乘雾飞行，终究也会死亡而化为土灰，体现了作者对人生充满哲理的思考。

“老骥伏枥，志在千里。烈士暮年，壮心不已”，意思是年老的千里马躺在马棚里，它仍然有志于驰骋千里。有远大抱负的人到了晚年，奋发思进的雄心仍不会止息。

结尾“盈缩之期，不但在天。养怡之福，可得永年。幸甚至哉，歌以咏志”意思是人的寿命长短不只是由上天决定的。只要保持身心和乐，也可以延年益寿。自己真是幸运极了，用歌唱来表达自己的思想感情。

全诗以神龟和腾蛇为喻，说明世上一切事物有生必有死，有盛必有衰。人终究是要死的，但诗人并未因此对人生采取消极悲观的态度，而是想要充分利用这有限的生命建功立业、有所作为，最后又说人的寿命可以通过保持身心和乐得以延长，表达了自己老当益壮、积极进取，不服老、不信天的人生态度。

小篆

“倾”本来的意思是向一边侧倒，所以隐含“歪斜”的意思。

小篆

“斜”的意义“不正”是从“衺”字那里假借而来的，“衺”原本指的是丝织品的纹理稀疏歪斜，丝织品若是纹理歪斜，则不够精致，因而“斜”比起“倾”，还隐含“不规整，不精致”的意义。

说字

“倾斜”是合成词，根据《说文解字》“倾，仄也。从人，从顷，顷亦声”“顷，头不正也。从匕从页”“仄，侧倾也”可知，“倾”的本义是向一边侧斜，与本义为“头不正”的声符“顷”具有同源关系，贯穿“倾”和“顷”的核心意义“歪斜”即“倾”的隐含义。《广雅·释诂二》“倾，衺也”（衺，同邪），《玉篇·阜部》“陾，危也。亦作倾”也证明了这一点。

苏轼《江城子·密州出猎》“为报倾城随太守”中，“倾城”是“全城、满城”的意思，把“倾”的隐含义“歪斜”显性化，则这里把整座城比喻成一个大容器，倾城就是让城倾斜，倒出里边的人，十分形象地表现了全城出动跟随太守去狩猎的场面。李白《梦游天姥吟留别》“天台四万八千丈，对此欲倒东南倾”，意思是天台山高四万八千丈，对着天姥这座山，就好像要倒向它的东南一样，表明天台山和天姥山相比显得低多了。其中“倾”的意义与“倒”相近，但又不同于“倒”，“欲倒”的意思是“快要倒了，但还没有倒”，这就是“倾”的状态，即向一边侧斜，并隐含着“歪斜”的意义。

《说文解字》认为“斜，杼也。从斗，余声”。段玉裁《说文解字注》把“杼”改为“抒”，并说“抒，各本从木，今正。凡以斗挹出之谓之斜，故字从斗。音转义移，乃用为衺”。可见“斜”的常用义“不正、偏侧”是假借义，本字当作“衺”。由《说文系传》“衺，纰也。从衣牙声。臣锴曰：纰谓帛文疏纰衺戾也”来看，“斜”的本字“衺”的字形构意是丝织品的纹理稀疏歪斜，因此本义“歪斜”中隐含着“不规整、不精致”的意义特点。范仲淹《苏幕遮》“山映斜阳天接水，芳草无情，更在斜阳外”中，“斜阳”指傍晚时向西偏斜的太阳；温庭筠《望江南》“过尽千帆皆不是，斜晖脉脉水悠悠”中，“斜晖”指傍晚西斜的阳光。两处“斜”的意思都是偏斜，其隐含义“不规整、不精致”在这里具体表现为太阳或阳光不处于与大地平行或垂直的位置，而是处于一种自然偏离平直位置的状态。

解诗

羌村三首（其三）

杜甫

群鸡正乱叫，客至鸡斗争。
驱鸡上树木，始闻叩柴荆。[1]
父老四五人，问我久远行。[2]
手中各有携，倾榼浊复清。[3]
莫辞酒味薄，黍地无人耕。
兵戈既未息，儿童尽东征。[4]
请为父老歌，艰难愧深情。
歌罢仰天叹，四座泪纵横。

【注释】

①柴荆：柴门。

②问：带着礼物去慰问人。

③榼（kē）：酒器。

④兵戈：指战争。

《羌村三首》是杜甫非常著名的五言组诗。唐肃宗至德二载（757），诗人在左拾遗任上触怒唐肃宗，被外放，回到羌村，历尽艰险，终于平安与家人相聚，此事令他感慨万千，于是写下这个著名的组诗。三首诗内容各异，从三个不同的角度展现了杜甫回家省亲时的生活片段，客观真实地再现了唐代安史之乱中黎民苍生饥寒交迫、朝不保夕的悲苦境况。这首诗讲述了邻里携酒深情慰问诗人及诗人致谢的情景。

开头用“群鸡正乱叫，客至鸡斗争”形象地反映了外边的敲门声引起群鸡乱叫的景象，诗人知道这是“客至”引起的，于是“驱鸡上树木，始闻叩柴荆”，把鸡轰上树，才听得外边的敲门声。

“父老四五人，问我久远行”，挑明“叩柴荆”的原因，原来是乡村父老来看望远行回来的诗人，他们“手中各有携，倾榼浊复清”，即手里各自拎着酒，酒倒出来有的清，有的浊。“倾”隐含的“歪斜”之义形象地表现了倒酒时酒器“榼”向一侧倾斜的样子。父老一边倒酒一边表示歉意，“莫辞酒味薄，黍地无人耕。兵戈既未息，儿童尽东征”，意思是请不要嫌弃酒味薄，因为战争一直持续，没有停歇，连未成年的孩子都被征召上了前线，用来酿酒的黍地无人耕种。这反映了安史之乱给人们生活带来的巨大破坏，也呼应了“父老四五人”，即来看望诗人的都是父老没有年轻人这一点。

最后“请为父老歌，艰难愧深情”写诗人对父老乡邻的关怀慰问万分感动，为表示自己的谢意即兴作诗，以歌作答。“愧”字表现了诗人面对淳朴诚实的父老乡亲，深感时局危难、生活艰苦，可又未能为国家、为乡亲造福出力的惭愧。最后“歌罢仰天叹，四座泪纵横”，指诗人面对父老的深情和生活的艰难仰天长叹、长歌当哭，引起大家共鸣，在座的都不禁涕泪纵横，将全诗感情推向高潮，悲怆感慨之情跃然纸上。

山行①

杜牧

远上寒山石径斜，白云生处有人家。②
停车坐爱枫林晚，霜叶红于二月花。③

【注释】

①山行：在山中行走。

②寒山：深秋季节的山。石径：石子小路。

③坐：因为。霜叶：经深秋寒霜之后变成红色的枫树叶子。红于：比……更红。

这首诗描绘和赞美了深秋山林的景色。

“远上寒山石径斜”由下而上地描写一条石头小路蜿蜒曲折地伸向充满秋意的山峦的形象，“斜”的隐含义“不规整、不精致”形象地表现了小路歪歪斜斜的自然状态，用词非常精准。

“白云生处有人家”意思是白云生出的地方有人家。“生”字将白云写活了，形象地表现了白云升腾缭绕的动态。“有人家”三字会使人联想到炊烟袅袅、鸡鸣犬吠，从而感到这深山充满生气。

“停车坐爱枫林晚，霜叶红于二月花”意思是暮色下枫林的景象实在太迷人了，所以诗人特地停车观赏；这秋天的枫叶比春天的花还要红、还要鲜艳。

月夜

刘方平

更深月色半人家，北斗阑干南斗斜。①

今夜偏知春气暖，虫声新透绿窗纱。②

【注释】

①更深：夜深了。北斗：在北方天空排列成斗形的七颗亮星。阑干：这里指横斜的样子。南斗：有星六颗。在北斗星以南，形似斗，故称“南斗”。

②偏知：才知，表示出乎意料。

这首诗通过夜空和虫鸣描写初春的特点，流露出诗人喜悦的心情和对生命及美好事物的咏赞。

开头“更深”为景色描写确定了基调，“月色半人家”意思是院子里有一半在月光中，另一半则笼罩在夜幕下，这间接表现了“更深”时月儿已经西斜的情景，是对“更深”夜色的具体描写。

“北斗阑干南斗斜”通过夜空中北斗星和南斗星都已偏斜，再次表现“更深”的特点。“阑干”和“斜”都是形容词，都有斜的意思，“阑干”指横斜的样子，“斜”也是偏斜之义，其隐含义“不规整、不精致”在这里表现为偏离原来的位置。

下句“今夜偏知春气暖，虫声新透绿窗纱”，写诗人在这寂静的夜色中意外地察觉春天的温暖，因为虫鸣声刚刚透过绿色窗纱飘进室内。一个“新”字说明虫鸣声是刚出现的，也许还显得很微弱，但诗人不但敏感地注意到它，而且从中听到春天的信息。这虫鸣声标志着春天的到来，标志着生命的萌动和万物的复苏，所以它在敏感的诗人心中唤起了春回大地的美好联想。

过故人庄①

孟浩然

故人具鸡黍，邀我至田家。②
绿树村边合，青山郭外斜。③
开轩面场圃，把酒话桑麻。④
待到重阳日，还来就菊花。⑤

【注释】

①过：造访、访问。

②具：备办。鸡黍：指丰盛的饭菜。黍，黄米饭。田家：这里指老朋友的农庄。

③郭：城郭，指外城。

④轩：这里指窗户。面：对着。场圃：场，禾场。圃，菜园。把酒：端着酒杯。这里是饮酒的意思。话桑麻：指闲谈农家生活。

⑤还来：再来。

这首诗描绘了美丽的山村风光和平静的田园生活，是唐代田园诗中的佳作。

“故人具鸡黍，邀我至田家”用平实的语言交代了这首诗写作的背景，是老朋友准备好了鸡和黍米邀请诗人到田家做客。

“绿树村边合，青山郭外斜”写周围的环境：葱绿的树木将村庄包围；青色的山峦在城郭外连绵起伏。“合”“斜”都是形容词，“合”的意思是合拢、闭合，形象地表现了村庄周围的绿树相互靠近、闭合成环状，把村庄整个包围起来的样子；“斜”的意思是“歪斜”，其隐含义“不规整、不精致”准确地表现了村子周围连绵起伏的群山的状态，体现了山势自然倾斜的特点。

“开轩面场圃，把酒话桑麻。待到重阳日，还来就菊花”意思是打开轩窗，面对着一片打谷场和菜圃，手捧酒杯谈论着桑麻农事。等到重阳节的时候，诗人还要来观赏菊花，可见诗人完全被田家生活吸引。

全诗用语平淡无奇，叙事自然流畅，没有雕琢的痕迹，然而感情真挚、诗意醇厚，有“清水出芙蓉，天然去雕饰”的美学情趣。

渔歌子①

张志和

西塞山前白鹭飞，桃花流水鳜鱼肥。②
青箬笠，绿蓑衣，斜风细雨不须归。③

【注释】

①渔歌子：本词牌名源于唐代教坊曲。

②西塞山：在今湖北黄石东部长江边。白鹭：一种白色的水鸟。鳜（guì）鱼：淡水鱼，肉质鲜美。

③箬（ruò）笠：竹叶或竹篾做的斗笠。蓑衣：用草或棕片编制成的雨衣。不须：不一定要。

唐代宗大历七年（772）九月，颜真卿将出任湖州刺史，张志和驾舟往谒。时值暮春，桃花水涨，鳜鱼水美，他们即兴唱和，张志和首唱，作词五首，这首词是其中之一。

“西塞山前白鹭飞，桃花流水鳜鱼肥”写白鹭在西塞山前自由地翱翔，江岸上桃花盛开，江中流水哗哗作响，水中鳜鱼正肥美。

“青箬笠，绿蓑衣，斜风细雨不须归”，其中“斜”的意思是不正、歪斜，其隐含义“不规整、不精致”展现了微风斜着吹到身上的自然状态。显然，风斜吹到身上，与风直吹到身上相比，要柔和得多，因此“斜风”暗示了吹到身上的风非常柔和，与“细雨”一起表现了暮春风雨的温柔美好，因此垂钓者“不须归”。作者用短短的13个字为读者勾画了一幅渔翁在和风细雨中披蓑戴笠垂钓的图画，表现了江南水乡风光的秀美与渔人从容闲适的生活。

甲骨文

入

“入”看起来就像一个锋利的楔形符号，这种形状的东西容易刺入别的物体之中，因此它表示“进入”，隐含“内”的意思。

小篆

收

“收”可以与“入”组成“收入”一词。“收”在古代原本的意思是“逮捕，拘押”，因而隐含“约束，束缚”的意义。

说字

“入”“收”可以组成复合词“收入”，然而这两个字的本义和隐含义都有较大差别。

“入”甲骨文作“𠆢”，像一个有锋刃的楔形符号，这种形状的东西容易刺入别的物体之中，因此用它来表示“进入、由外到内”之义。《说文解字》“入，内也”“内，入也”，《释名·释言语》“入，内也，内使还也”，说明“入”与“内”具有同源关系，因此“内”其实便是“入”的隐含义。理解“入”的隐含义有助于理解诗词意象，如李清照《如梦令》“兴尽晚回舟，误入藕花深处”中，“入”的隐含义“内”说明小舟是夹在大片荷花之中，使读者仿佛能看到大片荷花间有一叶扁舟陷于其中。李白《春夜洛城闻笛》“谁家玉笛暗飞声，散入春风满洛城”中，“入”的隐含义形象地表现了笛声融入春风，随着春风一起飘至洛阳城的每一个角落的情景。陆游《十一月四日风雨大作》“铁马冰河入梦来”中，“入”字说明铁马冰河进入诗人之梦，成为其梦境内容。岑参《走马川行奉送封大夫出师西征》“平沙莽莽黄入天”中，“入”字表现了茫茫黄沙被狂风卷起，在空中飞扬，仿佛被刮到天上，与天连为一体的混沌景象。李白《渡荆门送别》“山随平野尽，江入大荒流”中，“入”的隐含义“内”形象地表现了江水奔腾直泻，流入荒漠辽远的原野之中的景象。

“收”的小篆字形作“”，《说文解字》认为“收，捕也。从攴，丩声”。因此，“收”本义就是逮捕、拘押，其中隐含着“约束、束缚”的意义特点。《释名·释首饰》认为“收，夏后氏冠名也，言收敛发也”。显然，“收”作为夏后氏之冠名，有“敛发”功能，因此也蕴含着“约束、束缚”的意义。《尔雅·释诂下》“收，聚也”，《广雅·释诂一》“收，取也”等“收”的释义中，也都有“束缚、约束”的意义特点，因此可以确认“约束、束缚”是“收”的隐含义。

杨万里《舟过安仁》“收篙停棹坐船中”意思是（两小童）把撑船的长竹篙收起来，悠闲地坐在船中，其中“收”的隐含义“约束、束缚”具体表现为把船篙放在固定位置。如果暂时不使用船篙，只是把它放在一边，不放到固定地方，就不能叫“收”。“收”的隐含义暗示了两个小童把船篙收拾好后，要长时间地利用风帆的作用行船了。杜甫《闻官军收河南河北》“剑外忽传收蓟北”中，“收”的意思是“收回、收复”，其隐含义“约束、束缚”在这里表现为由丧失或丢失的状态重新回到原来的领属状态。

解诗

宿新市徐公店

杨万里

篱落疏疏一径深，树头新绿未成阴。①
儿童急走追黄蝶，飞<u>入</u>菜花无处寻。②

【注释】

①篱：篱笆。疏疏：稀疏。径：小路。阴：树荫。
②急走：奔跑。

“宿新市徐公店”是指住在一位徐姓老板开的旅店里。这首诗通过春意盎然的农村景象和天真可爱的儿童活动，展现了一幅生动的乡村画面。

首联“篱落疏疏一径深，树头新绿未成阴”描写了暮春时节农村的景象：篱笆稀稀落落，一条幽静的小路通向远方；树上新长出的树叶尚未形成树荫。

“儿童急走追黄蝶，飞入菜花无处寻”勾画了这样一幅动感十足的画面：儿童奔跑着追捕翩翩飞舞的黄色蝴蝶，可是蝴蝶飞到一片金灿灿的菜花丛中，孩子们就再也找不到它们了。“入”的隐含义“内”说明黄色蝴蝶就在菜花之中，与菜花混杂在一起，由于蝴蝶与菜花都是黄色，不容易辨认，因此孩子们找不到。此时读者面前仿佛出现了面对大片金黄色菜花一脸懵懂、不知所措的儿童的形象，以及美丽清新的田园风光，从而会产生无限的美好想象。

过松源晨炊漆公店（其五）[1]

杨万里

莫言下岭便无难，赚得行人错喜欢。[2]

正入万山圈子里，一山放出一山拦。

【注释】

①松源、漆公店：地名，在今皖南山区。

②赚得：骗得。

《过松源晨炊漆公店》是由六首诗构成的组诗，这是其中的第五首。在这首诗中，诗人通过描写山区行路的感受，创造了深邃的意境，形象生动地说明了一个深刻的哲理。

“莫言下岭便无难，赚得行人错喜欢”，意思是不要说从山岭上下来就没有困难，这句话会骗得前来爬山的人白白地欢喜一场。为什么说“下岭便无难”这句话只会让行人空欢喜一场呢？因为“正入万山圈子里，一山放出一山拦”。“入”的隐含义“内”在这里使“正入万山圈子里”的意象形象具体，使读者仿佛能看到一个人处在崇山峻岭层层包围的圈子之内，想从中走出来，却是“一山放出”（即翻过一座山）马上会被另一座山拦住的样子。“放出”“拦”把人的动作赋予大山，用拟人手法把山区行路的感受描写得十分生动形象，同时说明了一个具有普遍意义的深刻道理：无论做什么事，人都要对前进道路上的困难做好充分的估计，不要因一时的成功而陶醉。

峨眉山月歌[1]

李白

峨眉山月半轮秋，影入平羌江水流。[2]

夜发清溪向三峡，思君不见下渝州。[3]

【注释】

①峨眉山：在今四川省峨眉山市西南。

②半轮秋：半圆的秋月，即上弦月或下弦月。影：月光的影子。平羌：即青衣江，在峨眉山东北。源出四川芦山，流经乐山汇入岷江。

③发：出发。清溪：指清溪驿，在峨眉山附近。三峡：指长江瞿塘峡、巫峡、西陵峡，今在重庆市、湖北省的交界处。下：顺流而下。渝州：治所在巴县，今重庆一带。

这首诗是李白初次出四川时创作的，诗人通过描写自己在舟中所见夜景，表达了对家乡山水的依恋和对友人的思念之情。

“峨眉山月半轮秋，影入平羌江水流”勾画了一幅峨眉山秋季夜景图：半轮明月高高悬挂在峨眉山前，平羌江澄澈的水面倒映着月的影子。“入”的隐含义“内”把月影倒映在平羌江上，似乎进入江水之中而随着江水流动的意象表现得生动传神。

“夜发清溪向三峡，思君不见下渝州”意思是想友人却难相见，只能依依不舍地从清溪出发顺江穿过三峡去往渝州。

芙蓉楼送辛渐[1]

王昌龄

寒雨连江夜入吴，平明送客楚山孤。[2]
洛阳亲友如相问，一片冰心在玉壶。

【注释】

①芙蓉楼：原址在今江苏镇江西北。

②楚山：古时吴、楚两地相接，镇江一带也称楚地，故其附近的山也可叫楚山。

辛渐是王昌龄的朋友，他由润州渡江，取道扬州，北上洛阳。王昌龄陪他从江宁走到润州，然后在此分手。这首诗为他们在江边离别时王昌龄所写。

“寒雨连江夜入吴，平明送客楚山孤”，“楚山”指楚地的山，这里指南京一带，因为古代吴、楚先后统治过南京，所以此处吴、楚都可以指南京。这句诗的意思是长江上下了一夜的冷雨，清晨送走辛渐后，连朦胧的远山也显得孤单。“入”的隐含义“内”形象地表现了雨从天上降入吴地之内的动态。“寒”字不仅写出了雨水冰冷的特点，也浸透了诗人内心的凄楚；“孤”则表现了他送别老友时心中油然而生的孤独感。接下来诗人笔锋一转，牵出了对好友辛渐的临别叮咛之语：“洛阳亲友如相问，一片冰心在玉壶。”这句诗的意思是：到了洛阳，如果洛阳的亲友问起我来，请转告他们，我的心依然像玉壶里的冰那样晶莹纯洁。诗人用从清澈无瑕的玉壶中捧出的一颗晶亮纯洁的冰心作喻，传达了自己依然冰清玉洁、坚持操守的信念，以此告慰友人，这比任何相思的言辞都更能表达他对洛阳亲友的深情。

元日①

王安石

爆竹声中一岁除，春风送暖入屠苏。②
千门万户曈曈日，总把新桃换旧符。③

【注释】

①元日：农历正月初一，即春节。

②爆竹：古人烧竹子时使竹子爆裂发出的响声，用来驱鬼避邪，后来演变成放鞭炮。一岁除：一年已尽。除，逝去。屠苏：指屠苏酒，古代有大年初一全家合饮用屠苏草浸泡的酒的习俗，据说可以驱邪、避瘟疫、求长寿。

③曈曈：日出时光亮而温暖的样子。桃：桃符，古代正月初一人们用桃木板写上神荼、郁垒两位神灵的名字，悬挂在门旁，用来镇邪。

这首诗描写农历正月初一人们喜迎新春佳节的情景，通过燃放鞭炮、饮屠苏酒和把旧桃符换成新桃符三件事，表现了春节的喜庆气氛和人们的喜悦心情。

首句“爆竹声中一岁除，春风送暖入屠苏”描写了元日燃放爆竹和饮屠苏酒两件事，其中“入”的隐含义“内”形象地表现了春风好像把温暖吹进屠苏酒之中，人们饮了屠苏酒便暖洋洋地感到春天来了的情景，使人们饮屠苏酒庆贺新春的喜悦欢快之情跃然纸上。

尾句“千门万户曈曈日，总把新桃换旧符”表面写家家户户都沐浴在初春朝阳的光照之中，用新桃符替换了旧桃符，实际这个情节蕴含了丰富的意蕴，表达了诗人推行新法、实行改革，希望取得成功的欢快心情，歌颂新法的推行如同“春风送暖”那样充满生机，其中也含有深刻哲理——新生事物总是要取代旧事物的。

次北固山下[1]

王湾

客路青山外，行舟绿水前。[2]

潮平两岸阔，风正一帆悬。③

海日生残夜，江春入旧年。④

乡书何处达？归雁洛阳边。⑤

【注释】

①次：旅途中暂时停宿。北固山：在今江苏镇江北，三面临长江。

②客路：旅途。

③潮平两岸阔：潮水涨满时，两岸之间水面宽阔。风正：顺风。悬：挂。

④海日：海上的旭日。残夜：夜将尽之时。

⑤乡书：家信。归雁：北归的大雁。

“次北固山下”意思是临时住在北固山下。这首诗通过描写冬末春初作者在北固山下停泊所见到青山绿水、潮平岸阔等壮丽景象，抒发了作者深深的思乡之情。

首联“客路青山外，行舟绿水前”，交代了诗人要去的地方在青山外，目前正在绿水上乘舟前进，驶向青山外的目的地一事。

颔联“潮平两岸阔，风正一帆悬”写水面波平浪静，两岸视野开阔，风顺而不猛，船帆高高悬挂，顺风前行。

颈联“海日生残夜，江春入旧年”是脍炙人口的名句，意思是当残夜还未消退之时，一轮红日已从海上升起；当旧年尚未逝去时，江上已呈现春意。“生”“入”两个动词体现了诗人的炼字功夫：“生”是生产、生育的意思，这里说当残夜还未消退之时，一轮红日已从海上升起，红日好像是由残夜孕育而生，生动而又富有哲理地表现了海上初升的红日与残夜的关系；“入”的隐含义“内”表现了江上景物体现的春意其实在年前就已经出现，就像是闯入旧年之中。这两句诗在描写景物、节令之中，蕴含着一种自然的理趣，传达了具有普遍意义的生活真理，给人以乐观、积极、向上的艺术鼓舞力量。

尾联“乡书何处达？归雁洛阳边”，写诗人看到一群北归的大雁正掠过晴空，想起了“雁足传书”的故事，就想托大雁给洛阳的亲人捎个信。这里遥应首联，使诗中笼罩着一层淡淡的乡思愁绪，表现了诗人人在江南、神驰故里的漂泊羁旅之情。

使至塞上[①]

王维

单车欲问边，属国过居延。[②]
征蓬出汉塞，归雁入胡天。[③]
大漠孤烟直，长河落日圆。[④]
萧关逢候骑，都护在燕然。[⑤]

【注释】

①使：出使。

②单车：一辆车，车辆少，这里形容轻车简从。问边：指慰问守卫边疆的官兵。属国：有几种解释，一指少数民族政权附属于中央朝廷而存其国号者。居延：地名。在今内蒙古自治区内。

③征蓬：随风飘飞的蓬草，此处为诗人自喻。归雁：雁是候鸟，春天北飞，秋天南行。这里是指大雁北飞。胡天：胡人的领空。这里是指唐军占领的北方地区。

④大漠：大沙漠，此处大约是指凉州之北的沙漠。

⑤萧关：古关名，故址在今宁夏固原东南。候骑：负责侦察、通信的骑兵。都护：这里指前敌统帅。燕然：燕然山，即今蒙古国杭爱山。这里代指前线。

“使至塞上”意思是奉命出使边塞。这首诗是诗人奉命出使边塞，以监察御史身份从军赴凉州途中所作，描绘了塞外奇特壮丽的风光，赞美了不畏艰苦、以身许国的守边战士的爱国精神。

“单车欲问边”意思是诗人奉命乘单车出使慰问边关。“属国过居延”，根据《汉书》颜师古注“不改其本国之俗，而属于汉，故号属国”，“属国”指归属唐王朝的少数民族政权，“过居延”意思是越过了居延地区，说明当时唐王朝疆域非常辽阔，已经延伸到居延之外。国力如此强大，奉命出使的诗人却只乘“单车”，诗人内心的感受可想而知。

颔联“征蓬出汉塞，归雁入胡天”，以“征蓬”和“归雁”作喻，说自己像随风飘飞的蓬草一样出了“汉塞”，像振翅北飞的“归雁”一样进入“胡天”，这里用蓬草和归雁自比，与上联“单车”相呼应，表现了诗人内心的激愤和抑郁。“入”的隐含义“内”说明归雁已经进入胡人领空之内，与“出汉塞”相呼应，凸显诗人出行的地方非常遥远。

颈联“大漠孤烟直，长河落日圆”，写塞外奇特壮丽的风光，画面开阔、意境雄浑。边疆沙漠浩瀚无边，所以用“大”修饰“漠”；边塞荒凉，没有什么奇观异景，因此用“孤”来修饰烽火台燃起的那一股浓烟。这样一来，诗人通过突出景物的单调，把自己的孤寂情绪巧妙地融进对自然景象的描绘中。沙漠上没有山峦林木，用“长”来修饰那横贯其间的河流，表现了整段河流毫无遮挡、尽收眼底的特点。用“圆”字修饰落日，不仅准确地描写了落日的特点，也给人以亲切温暖而又苍茫的感觉。

尾联“萧关逢候骑，都护在燕然”是写诗人到萧关遇到侦候骑兵，对方却告诉诗人都护已在燕然前线。

左迁至蓝关示侄孙湘①

韩愈

一封朝奏九重天，夕贬潮州路八千。②

欲为圣明除弊事，肯将衰朽惜残年！③
云横秦岭家何在？雪拥蓝关马不前。④
知汝远来应有意，好收吾骨瘴江边。⑤

【注释】

①左迁：贬官，指作者被贬到潮州。侄孙湘：韩愈的侄孙韩湘。

②一封：指韩愈《谏迎佛骨表》。九重天：皇帝的宫阙，这里代指皇帝。潮州：今广东潮州。路八千：泛指路途遥远。八千不是确数。

③弊事：政治上的弊端，指迎佛骨事。肯：岂肯。

④秦岭：即终南山，又名南山，太乙山。拥：拥塞。蓝关：蓝田关，今在陕西省蓝田县东南。

⑤汝：你，指韩湘。瘴江边：充满瘴气的江边，指贬所潮州。

这首诗是作者被贬谪去潮州途中创作的，抒发了其内心的郁愤以及前途未卜的感伤情绪。

首联交代了“左迁蓝关”的原因。“一封朝奏九重天，夕贬潮州路八千”，意思是早晨把一篇谏书上奏给朝廷，晚上就被贬到离京八千里的潮州。

颔联“欲为圣明除弊事，肯将衰朽惜残年”，意思是自己想要替皇上除去那些有害的事，宁愿牺牲衰朽的身躯，哪里还会吝惜残存的余生呢？诗人用反问句强调自己不惜牺牲自己余生的决心，说明自己“朝奏九重天”的原因和决心。其中“惜”的隐含义“心痛”表现为诗人为了“除弊”，哪怕牺牲自己的余生也在所不惜、毫不心痛，表现了诗人义无反顾除弊的决心、对朝廷的忠诚与老而弥坚的精神。

颈联“云横秦岭家何在？雪拥蓝关马不前”，意思是：阴云笼罩着秦岭，家乡在何处？大雪拥塞蓝关，马儿不肯前行。“家何在”表现了诗人此时伤怀家人和国事的悲愤心情，“马不前”则颇有英雄失路之悲。

尾联“知汝远来应有意，好收吾骨瘴江边”，紧扣题目中的“示侄孙湘”，意思是：我知道你远道而来应该有所打算，正好可在充满瘴气的江边收殓我的尸骨。这里呼应了颔联的“肯将衰朽惜残年”，表明诗人将生死置之度外的决心和伤怀国事的悲愤心情。“收”的意思是收殓，其隐含义“约束、束缚”在这里表现为把散落的尸骨聚敛起来。

小篆

“睡”在古代原本指的是坐着打瞌睡，人在坐着打瞌睡时，睡着的时间一定比较短，因此“睡”包含“时间短”的意思。

小篆

“眠”的意思是睡眠，指的是时间比较长的深层睡眠，因此隐含“无知觉”的意思。

说字

《说文解字》释“睡”为“坐寐也。从目、垂”。“睡”本义是坐着打瞌睡，而坐着打瞌睡是短时间的浅层睡眠，因此“睡”隐含“时间短”之义。

“眠”字小篆字形作“”，《说文解字》说解为“翕目也，从目、冥，冥亦声”，“翕目”就是“合目”，意思是闭上眼睛，后来写作“眠”。“眠”的意思是睡眠，《释名·释姿容》认为“眠，泯也，无知泯泯也”，《龙龛手镜·目部》认为“眠，暗未明也”，可见“眠”指时间比较长的深层睡眠，隐含义是“无知觉”。

隐含义的不同决定“睡”“眠”使用规律的不同，如冬眠是较长时间的深度睡眠，不能说成“冬睡”；小睡是短时间的睡眠，不能说成“小眠”。

孟浩然《春晓》“春眠不觉晓”，其中“眠”的隐含义“无知觉”与“不觉晓”非常吻合，说明诗人睡得非常沉，对外面发生的事情完全没有知觉，因此，这里的“眠”不可换为隐含“时间短”

特点的“睡”。苏轼《水调歌头》“转朱阁，低绮户，照无眠”中，“眠”的隐含义则暗示“无眠”发生于应该进入深度睡眠的夜深人静的时候。

解诗

绝句

杜甫

迟日江山丽，春风花草香。[1]
泥融飞燕子，沙暖睡鸳鸯。

【注释】

①迟日：春天日渐长，所以说迟日。

这首短短的五言绝句极富诗情画意，为我们展现了一幅明净绚丽的春景图。

“迟日江山丽，春风花草香”，描述初春阳光照耀下的江山显得格外秀丽，春风吹来，空气中充满了花草的馨香。

“泥融飞燕子，沙暖睡鸳鸯”用几个典型意象表现春天的温暖舒适与生机盎然。“融”字展现了泥土解冻融化而变得湿软的状态，“飞”字描绘了燕子飞来飞去的繁忙景象，画面充满勃勃生机。“睡”则刻画了几对鸳鸯静静卧在温暖的沙滩上小睡的图景，给人以温暖舒适的感觉。显然，这里的鸳鸯只是在沙滩上小睡，时间较短，不可能进入无知觉的深度睡眠，因此此处用“睡”而不能用“眠”。

枫桥夜泊①

张继

月落乌啼霜满天，江枫渔火对愁**眠**。②

姑苏城外寒山寺，夜半钟声到客船。③

【注释】

①枫桥：在今苏州市阊门外。泊：把船停靠在岸边。

②乌啼：乌鸦啼叫。霜满天：是空气极冷的形象语。江枫：一般解释作“江边枫树”。渔火：渔船上的灯火。对愁眠：伴愁眠之意，此句把江枫和渔火二词拟人化。

③姑苏：苏州的别称，因城西南有姑苏山而得名。寒山寺：在枫桥附近，始建于南朝梁代。相传因唐代僧人寒山曾住此而得名。

这是安史之乱后，诗人张继途经寒山寺时写下的一首羁旅诗，是唐诗中写愁的代表作。

“月落乌啼霜满天”创造了一个残月将落、乌鸦悲啼、满目寒霜的背景，奠定了全诗迷茫、凄清、寂寥的基调。

“眠”字出现在“江枫渔火对愁眠”中，写江边火红的枫叶、渔船上的点点灯火与客船上难以入眠的旅客。“眠”的意思是睡眠，“愁眠”指发愁入睡的人。由“眠”的隐含义“无知觉”可以推知当时已经夜深人静，正是人们睡得正香的时候，诗人却毫无睡意，只能独自一人看着江边的枫树和渔船上的灯火，听着“姑苏城外寒山寺”半夜传来的钟声。这表现了“愁眠”之人在夜深人静时的愁绪和痛楚。至于诗人为什么“愁眠”，个中原因在诗中并未交代，为读者留下了无限想象的空间。而整首诗创设的意象和基调使读者能够感知诗人郁结于心的愁思。

甲骨文

小篆

“望”原本的意思是“向远处看”，它的字形中，下半部分如同一个人站在高高的土堆上，上半部分则如同一个竖立的眼睛。竖立的眼睛隐含“眼睛用力”的意思，而极力远眺的人一定有很强烈的观看愿望，因此“望”隐含“眼睛用力”和“有强烈的愿望”的意思。

小篆

“看”字的字形里，手的形态在上，眼睛的形态在下，就如同一个人“手搭凉棚”，替眼睛遮住刺目的阳光，以便专注看向某个对象，因而“看”隐含“目标明确”的意思。

说字

“望”的甲骨文作“”，下部像一个人站在高高的土堆上，上部是一个竖立的眼睛形态。按照常识，人只有侧卧时眼睛才呈竖立状，其他情况下眼睛都是横向的，“目”的甲骨文“”就是对眼睛常态的反映。显然，“”中竖立状的眼睛与“”形态不同，它呈竖立状一定是有意为之，是为了表达一定的意义。它表达了什么意义呢？人们在描述用力倾听的时候，常说“竖起耳朵听”，由此我们受到启发，竖起眼睛可能具有表现眼睛特别用力的意义。因此，“望”的甲骨文用一个人站在土堆上与眼睛竖起之形表现了人向远处看之义，竖立的眼睛形状隐含着“眼睛用力”的意义，从中可以看出行为主体有强烈的“看”的主观意愿。因此“望”不仅具有向远处看这样的显性意义，还隐含着“眼睛用力”和行为主体具有强烈观看意愿之义，这正是“望”引申出“盼望、期盼”之义的原因。

李白《望天门山》中“望”的意思是向远处看，说明诗人是站在远处观察天门山，因此诗中对天门山的描写是整体的、全景式的；对这么壮美的奇观，诗人当然会用心观赏，因此“望”的隐含义“眼睛用力”和有强烈观看意愿在这里也得到体现。同样，孟浩然《望洞庭湖赠张丞相》中的“望”字决定了这首诗对洞庭湖的描写也是整体的、全景式的；面对洞庭湖的壮丽景象和磅礴气势，诗人怎会不睁大眼睛用心观赏呢？因此“望”也隐含着“眼睛用力”和“有强烈的主观意愿”的意义。王安石《登飞来峰》“不畏浮云遮望眼”，“望眼”意指长时间凝视远方的眼睛，表现了诗人高瞻远瞩、胸怀改革大志、对前途充满信心、不畏奸邪的勇气和决心。王勃《送杜少府之任蜀州》“风烟望五津”中“望”字指“遥望”千里之外的蜀地，其隐含义“眼睛用力”和“有强烈的主观意愿”暗喻了惜别的情意。李白《静夜思》“举头望明月”中“望”的意思是在思念故乡时长时间对月凝望，也隐含着“眼睛用力”和“有强烈的主观意愿”的意义特点。

“看”的小篆字形像眼睛在手下之形，《说文解字》认为“看，晞也。从手下目。”桂馥《说文解字义证》认为“《九经字样》：‘凡物见不审，则手遮目看之，故看从手下目’”。显然，“看”的字形构意很像孙悟空手搭凉棚的动作，手搭凉棚的作用是遮住刺目的阳光，排除干扰，以便专注于“看”的对象，因此“看”的隐含义是“目标明确”。

古诗词中表达“向远处看”时，除了直接用“望”字外，还有些地方用“远”“遥”等形容词与“看”组成“遥看”“远看”等合成结构来表达这层意思。由于隐含义的不同，“遥看”“远看”与“望”有一定的差别，从中恰可以体味诗人的炼字之妙。如王维《画》“远看山有色，近听水无声”，李白《望庐山瀑布》“日照香炉生紫烟，遥看瀑布挂前川”，韩愈《早春呈水部张十八员外》“天街小雨润如酥，草色遥看近却无”，其中“远看”“遥看”的意思与“望”的显性意义“向远处看”相同，但隐含义有所不同，“看”的隐含义“目标明确”在这里表现为看“山”“瀑布”“草色”这些具体目标，但不含“眼睛用力”的意义特点。“看”与“望”还有一个重要差别，即“望”只限于“向远处看”，而“看”的对象可远可近。如辛弃疾《破阵子·为陈同甫赋壮词以寄之》“醉里挑灯看剑”中，“看”是在近处仔细查看；杜甫《闻官军收河南河北》“却看妻子愁何在”中，“看”的对象“妻子”在身边，也属于在近处看。这两处“看”不能换成“望”，不仅是因为距离近，也是因为诗中的“看”不含有“用心观赏”的意义特点。

“看”的对象在远处的，有林杰《乞巧》“七夕今宵看碧霄”，孟浩然《早寒江上有怀》“乡泪客中尽，孤帆天际看”，李白《独坐敬亭山》“相看两不厌，只有敬亭山”等，这些诗句中被看的对象都距离看的人较远，却没有用“望”字，这是由“看”“望”的不同隐含义决定的。“看”的隐含义“目标明确”在这里具体表现为侧重突出“碧霄”“明月”“孤帆”“敬亭山”这些对象，而不需要突出“用心观赏”的意义。再如白居易《望月有感》中，“望”字表现了诗人用心观赏月亮的情景，重点表达了诗人观赏月亮时的所思所想，而其中诗句“共看明月应垂泪”之所以用“看”一字，是为了突出“看”的对象“明月”，没有“用心观赏”的意思，这与“看”的隐含义“目标明确”十分相符。

“看”的隐含义“目标明确”还表现在“看”可引申为“察看，探寻”之义上。杜甫《石壕吏》“老翁逾墙走，老妇出门看”，李商隐《无题》“蓬山此去无多路，青鸟殷勤为探看”，其中“看”的意思分别是察看和探望，包含相关情况事先探寻、了解之义，具有“目标明确”的特点。

苏轼《江城子·密州出猎》“为报倾城随太守，亲射虎，看孙郎”，其中“看”的意思是“向……看齐”“像……一样”，“看”的显性意义“视”在这里已经大大地抽象化，但其隐含义“目标明确”却依然存在。

“望”和“看”隐含义的不同决定了其语用功能的不同。

解诗

望岳

杜甫

岱宗夫如何？齐鲁青未了。①
造化钟神秀，阴阳割昏晓。②
荡胸生层云，决眦入归鸟。③
会当凌绝顶，一览众山小。④

【注释】

①岱宗：泰山亦名岱山或岱岳，五岳之首，在今山东泰安城北。夫：读“fú”。句首发语词，无实在意义，强调疑问语气。齐鲁：古代齐、鲁两国以泰山为界，齐国在泰山北，鲁国在泰山南。青：指苍翠的美好山色。未了：不尽，不断。

②造化：大自然。钟：聚集。神秀：天地之灵气，神奇秀美。阴阳：阴指山的北面，阳指山的南面。这里指泰山的南北。割昏晓：指泰山很高，在同一时间，山南山北判若早晨和晚上。割，分。

③荡胸：心胸摇荡。决眦（zì）：眼角（几乎）要裂开。决，裂开。眦，眼角。

④会当：终当，定要。凌绝顶：即登上最高峰。凌，登上。小：形容词的意动用法，意思为“以……为小，认为……小”。

这是诗人杜甫歌咏东岳泰山的一首诗，“望岳”之“望”绝不只是远远望一眼的意思，而是包含着诗人对泰山用心观赏之义，有“眼睛用力”和强烈的观赏意愿在里边。诗人观赏泰山的主观愿望有多么强烈呢？“决眦入归鸟”中的“决眦”非常传神地给出答案。“决”以“夬”为声符，而以“夬”为声符的字的意义中都有“有缺口”的意思，如“缺”“玦”“决”分别表示器皿有缺口、玉器有缺口、水冲开缺口；“眦”的意思是眼角，“决眦”就是眼角裂开，形象生动地表现了诗人睁裂双目看那飞入山林的归鸟的情形，可以想见，诗人一直目不转睛地望着泰山，“望”得多么专注、多么用力！

为什么诗人望泰山到“决眦”的程度呢？我们看作者是如何描写泰山的。

“岱宗夫如何？齐鲁青未了”用自问自答的形式告诉读者泰山的特点是“齐鲁青未了”。古代齐、鲁两国以泰山为界，齐国在泰山北边，鲁国在泰山南边；“齐鲁青未了”意思是在齐、鲁两国之内都能看到泰山，直至最远的国境线上还能远远望见泰山的青绿色，这是以距离之远来烘托出泰山之高。

“造化钟神秀”，“造化”是指创造和化生万物的天地自然，“钟”的意思是“集中、专一”，“造化钟神秀”意思是大自然把所有的神奇秀丽都集中在这里。这样便将泰山的神奇秀丽写到极致，表现了诗人对泰山之美的钟爱。“阴阳割昏晓”，轻轻一个“割”字，举重若轻地把泰山南面和北面的巨大天色差异表现出来，“阴”“阳”分别指北面和南面；“割昏晓”突出山北、山南天色的巨大差异，就像一昏一晓般判然有别。这里从山北、山南天色有巨大差异的角度表现了泰山之高、之奇。

“荡胸生层云，决眦入归鸟”，指诗人望着山中冉冉升起的层层云霞，不禁心神荡漾，而那些飞回山林的归鸟更是令诗人睁大眼睛、目不转睛地注视，几乎要把眼角睁裂。这句诗生动地体现了诗人在这神奇缥缈的景观面前像着了迷似的，想把这一切看个够。

“会当凌绝顶，一览众山小”，面对雄伟峻秀的泰山，作者不止以眼睛用力地“望”，而且产生了一个强烈的愿望，就是一定要登到泰山顶上。这里用“凌”而不用“登”，是因为“登”字侧重的是登的动作，而“凌”侧重的是“高出、升上”的结果，“凌绝顶”呈现给读者的是诗人站在泰山之巅的形象，更能表现诗人“俯视一切”的雄心和气概，与下句“一览众山小”气势贯通，衔接更自然，更能表现诗人远大的理想和抱负。

全诗以“望岳”为题，诗中无一“望”字，但句句都在写向岳而望。他“望”得是那样用力，以至“决眦”；“望”得是那样用心，并由望岳联想到登岳。这些都与“望”的隐含义十分契合，可见以“望”为题具有高度的凝练性和概括性。

野望

王绩

东皋薄暮望，徙倚欲何依。①
树树皆秋色，山山唯落晖。②
牧人驱犊返，猎马带禽归。③
相顾无相识，长歌怀采薇。

【注释】

①东皋：诗人隐居的地方。薄暮：傍晚。薄，靠近，迫近。
②落晖：落日。
③犊：小牛。禽：鸟兽，这里指猎物。

这首诗描写了诗人隐居之地的清幽秋景，在闲逸的情调中带着几分彷徨、孤独和苦闷。

“野望”中，“望”字的隐含义“眼睛用力”“有强烈的意愿”表现为诗人长时间凝望着田野。诗歌主要描写诗人在秋天的傍晚眺望田野时所见到的情景，表达了诗人孤独无依与寂寞无聊的苦闷心情。

“东皋薄暮望”，点明了“望”的时间是薄暮，即傍晚；地点在东皋，即东方的水边高地上。“望”在这里是远望之义，含有“眼睛用力”的特点。“徙倚欲何依”指诗人向田野眺望，不知道该往哪里走，也不知道应该依靠什么，表现了诗人的百无聊赖和寂寞无依。可以看出，在这里诗人只是漫无目的地远望，没有明确的目标，因此不能用“看”。

接下来写诗人所望见的景象：“树树皆秋色，山山唯落晖。牧人驱犊返，猎马带禽归。”这两联的意思是所有的树都呈现出秋天的特点，每一座山都笼罩在夕阳的余晖中；牧人驱赶着牛群回来了，猎马带着捕获的猎物回家了。画面有动有静、生动传神。

“相顾无相识，长歌怀采薇”，其中用了一个典故。相传周武王灭商后，伯夷、叔齐不愿做周朝的臣子，在首阳山上采薇而食，最后饿死。古代用“采薇”代指隐居生活。因此最后一联表现了诗人在现实中孤独无依，只好追怀古代的隐士的心情。可见，诗人没有在这种田园牧歌式的场景中找到慰藉，仍有难以排遣的孤独和苦闷。

望月有感

白居易

时难年荒世业空，弟兄羁旅各西东。①
田园寥落干戈后，骨肉流离道路中。②
吊影分为千里雁，辞根散作九秋蓬。③
共看明月应垂泪，一夜乡心五处同。

【注释】

①世业：世代传下的产业。羁旅：漂泊。

②寥落：稀疏、荒凉。干戈：本指两种武器，这里指战争。

③吊影：对影自怜，比喻孤独寂寞。九秋蓬：秋天蓬草脱离本根随风飞转，古人用之来比喻游子在异乡漂泊。九秋，秋天。

题目《望月有感》中的“望”是向远处看的意思。“望月”就是遥望天空中的月亮，“望”的隐含义“眼睛用力”在这里具体表现为诗人用眼睛长时间凝视月亮、观赏月亮的意思。然而这首诗的落脚点不是诗人观赏的对象月亮，而是诗人面对月亮产生的内心感触，因此题目叫作《望月有感》。诗人凝望着月亮，内心想到了什么呢？

我们先看这首诗的写作背景:"自河南经乱,关内阻饥,兄弟离散,各在一处。因望月有感,聊书所怀,寄上浮梁大兄、於潜七兄、乌江十五兄,兼示符离及下邽弟妹。"这段话意思是说自从河南地区经历战乱,关内一带漕运受阻,致使饥荒四起,诗人兄弟几人因此流离失散,各在一处。诗人因为看到月亮而有所感触,便随性写成一首诗来记录感想,寄给在浮梁的大哥、在於潜的七哥、在乌江的十五哥和在符离、下邽的弟弟、妹妹们看。

首联"时难年荒世业空,弟兄羁旅各西东",意思是时势艰难、兵荒马乱,世代的家业因此空乏,兄弟漂泊,旅居异地,各自西东。

颔联"田园寥落干戈后,骨肉流离道路中",写田园中的庄稼在经历战乱后也变得稀疏荒凉,骨肉亲人在漂泊流浪的路途中相互失散。

颈联是"吊影分为千里雁,辞根散作九秋蓬"。大雁飞时排列整齐,因此诗人用之来比喻兄弟;"千里雁"比喻相隔千里的兄弟。"根"本义是植物的根,诗人用以比喻生养自己的家乡,"辞根"比喻辞别家乡。这两句诗的意思是:面对自己孤独的身影,不禁感伤兄弟离散异地、相隔千里,就像秋天的蓬草离开根而随风飞转。诗人运用比喻,巧妙而生动地把骨肉分离和思念家园的沉痛感情表达出来,感人肺腑。

尾联"共看明月应垂泪,一夜乡心五处同",意思是共看同一轮明月,兄弟姐妹们都会伤心落泪,分隔在五地的大家思乡之心是相同的。“看”的隐含义“目标明确”在这里表现为诗人和兄弟姐妹此时都在遥看同一轮明月，明月成为其联系的纽带。

总之，全诗以“望月”为线索，以“有感”为内容，描述了战乱频仍、家园荒废、手足离散的苦难现实，深刻揭示了人们饱经战乱的零落之苦，最后构成一幅五地望月共生乡愁的图景，感人至深，引人共鸣。

望洞庭[①]

刘禹锡

湖光秋月两相和，潭面无风镜未磨。[②]
遥望洞庭山水翠，白银盘里一青螺。[③]

【注释】

①洞庭：即洞庭湖，在湖南。

②和：和谐，这里指水色与月光融为一体。潭面：指湖面。镜未磨：古人的镜子用铜制作、磨成。

③青螺：一种青黑色的螺形的墨，古代妇女用以画眉。这里是用来形容洞庭湖中的君山。

“望”字说明这首诗写的是从远处看到的洞庭湖的美景，决定了这首诗对洞庭湖的描写是整体的、全景式的。“望”的隐含义“眼睛用力”暗示了诗人对洞庭湖进行了长时间的凝望，做了认真的观赏。

“湖光秋月两相和，潭面无风镜未磨”，意思是洞庭湖的湖水和秋月交相辉映，显得非常和谐；一点儿风都没有，湖面平静，好像一面没有磨过的镜子。这是诗人对月光照耀下的洞庭湖面的整体描写。

“遥望洞庭山水翠，白银盘里一青螺”里，“望”字的隐含义“眼睛用力”表现为洞庭湖的美景吸引了诗人张大眼睛仔细观赏。“白银”一句把洞庭湖与君山的关系比作“白银盘里一青螺”，比喻奇妙而又贴切，体现了诗人丰富的想象力和别出心裁的艺术功力，也表达了诗人壮阔不凡的气度和高卓清奇的情致。

山坡羊·潼关怀古①

张养浩

峰峦如聚，波涛如怒，山河表里潼关路。② 望西都，意踌躇。③ 伤心秦汉经行处，宫阙万间都做了土。④ 兴，百姓苦；亡，百姓苦。

【注释】

①山坡羊：曲牌名。

②聚：聚拢、包围。山河表里：外面是山，里面是河，具体指潼关外有黄河，内有华山。

③西都：指长安（今陕西西安）。这是泛指秦汉以来在长安附近所建的都城。踌躇：犹豫、徘徊不定。

④经行处：经过的地方。指秦汉故都遗址。宫阙：宫殿。阙，皇宫门前两边的楼观。

“山坡羊”是曲牌名，“潼关怀古”是题目。潼关地势十分险要，外有黄河，内有华山，即诗中所说的“山河表里”，因此潼关是古来兵家必争之地。

开头“峰峦如聚，波涛如怒，山河表里潼关路”，描写了华山层峦叠嶂，黄河波涛汹涌，潼关外有黄河、内有华山的险要地势。

作者站在这兵家必争之地，联想到这里发生过多少战争，于是通过一个“望”字把笔锋转向对历史的反思。“望西都”就是遥望长安，“望”的隐含义“眼睛用力”在这里表现为作者非常想看到西都，因此极尽目力向远处眺望，因为那里曾是旧朝故都，经过了多少繁华与衰败，这引发了作者的踌躇、伤心和感慨：“兴，百姓苦；亡，百姓苦。”作者表达了自己对百姓疾苦的深切同情与关怀。

全曲由写景而怀古，再引发议论，将苍茫的景色、深沉的情感和精辟的议论三者完美结合，极具感染力。

逢入京使①

岑参

故园东望路漫漫，双袖龙钟泪不干。②
马上相逢无纸笔，凭君传语报平安。③

【注释】

①入京使：进京的使者。

②故园：故乡、家园。漫漫：形容路途十分遥远。龙钟：涕泪淋漓的样子。

③传语：捎口信。

这首诗写诗人在西行途中偶遇前往长安的东行使者，勾起了无限的思乡情绪。

“故园东望路漫漫，双袖龙钟泪不干”，意思是向东遥望，回家的路程又远又长，自己不禁热泪不断流淌，沾湿双袖。“望”字说明诗人已经离家很远，从“望”的隐含义“眼睛用力”则可以看出诗人对家乡和家人的恋恋不舍。

“马上相逢无纸笔，凭君传语报平安”，意思是诗人碰到作为入京使者的老相识，想让他带封信，却因为没有纸笔，所以只能给家人捎个口信报平安。诗就此结束，干净利落，但简洁之中寄寓着诗人的一片深情，颇有韵味。

望庐山瀑布[1]

李白

日照香炉生紫烟，遥看瀑布挂前川。[2]

飞流直下三千尺，疑是银河落九天。[3]

【注释】

①庐山：在江西九江南，是我国著名的风景区。

②香炉：即香炉峰，在庐山西北，因形似香炉且山上经常笼罩着云烟而得名。

③九天：古代传说天有九重，九天是天的最高层。

“望庐山瀑布”中，“望”的意思是向远处看，与诗中的“遥看”相呼应，说明诗人是站在远处观察庐山瀑布的，因此诗中对庐山瀑布的描写都是整体的、全景式的。

“日照香炉生紫烟，遥看瀑布挂前川”对庐山瀑布的远景进行了概括描写。“看”的隐含义“目标明确”说明瀑布是诗人关注和描写的主要对象。这句诗意思是太阳照在香炉峰上，这座顶天立地的“香炉”上仿佛冉冉升起了团团紫烟。瀑布像一条巨大的白练从悬崖直挂到前面的河流上。“挂”字化动为静，惟妙惟肖地写出了瀑布的形态。

“飞流直下三千尺”写的是瀑布的动态，“飞流”表现瀑布凌空而出、喷涌飞泻的特点；“直下”既写出岩壁的陡峭，又写出水流之急；“三千尺”极力夸张，写出山的高峻；连起来就是瀑布的水流从三千尺的高处垂直飞跃下来，这是何等磅礴的气势。面对这样壮美雄奇的瀑布，诗人展开了丰富的想象——“疑是银河落九天”，即怀疑是银河从九重天上掉落下来了。诗人用大胆的夸张和想象，把瀑布之高、水流之大表现出来，一个“疑”字若真若幻，引人遐想，增添了瀑布的神奇色彩。

整首诗紧紧围绕“望”字对庐山瀑布进行描写，表现了诗人从远处望见的瀑布全景，并用大胆的夸张和想象把庐山瀑布的雄奇壮丽表现出来。显然，这里的“望”不仅具有向远处看的显性意义，还隐含着诗人长时间凝望庐山时想“望”的强烈意愿。

题西林壁[①]

苏轼

横<u>看</u>成岭侧成峰，远近高低各不同。

不识庐山真面目，只缘身在此山中。[2]

【注释】

①题：书写、题写。

②不识：不能认识、辨别。真面目：指庐山真实的景色、形状。缘：因为、由于。

“题西林壁”意思是写在西林寺墙壁上，西林寺在庐山北麓。这首诗是诗人游览庐山后的总结，诗人通过庐山变化多样的面貌，借景说理，说明观察问题应客观全面。

“横看成岭侧成峰，远近高低各不同”，意思是横看庐山是雄奇的山岭，侧看则是陡峭的高峰，从远处、近处、高处、低处不同角度去看，庐山呈现的景象各不相同。“看”的隐含义“目标明确”在这里具体表现为诗人从不同角度观察庐山，目标明确，从而总结出不同角度的庐山景象各不相同的结论。

“不识庐山真面目，只缘身在此山中”，意思是不能认识庐山的真正面目，只因为自己身处庐山之中。

这首诗表达了一个深刻的哲理：人们所处地位不同，看问题的角度不同，对客观事物的看法就会有差别；要认识事物的真相与全貌，必须超越狭小立场，全面客观地看待问题。

春夜喜雨

杜甫

好雨知时节，当春乃发生。①
随风潜入夜，润物细无声。②
野径云俱黑，江船火独明。③
晓看红湿处，花重锦官城。④

【注释】

①知：明白、知道。发生：萌发、生长。

②潜（qián）：暗暗地、悄悄地。润物：滋养万物。

③野径：田野间的小路。

④晓：天刚亮的时候。红湿处：指有带雨水的红花的地方。花重：花沾上雨水而变得沉重。锦官城：成都的别称。

这首诗细致地描绘了成都春季夜雨的景象，充满对滋润万物的春雨的喜爱之情。

“好雨知时节，当春乃发生”，一个“知”字把雨拟人化，意思是雨好像知道人们什么时候最需要它，于是在春天植物生长的时候降临。由于这场“春雨”及时，因此诗人直接称其为“好雨”。

“随风潜入夜，润物细无声”，“潜”的本义是隐藏在水下活动，引申为“秘密地、偷偷地”。这里说春雨偷偷地在夜里潜入，显然也是用了拟人手法，说明人们没有察觉春雨的到来，表现春雨轻柔的特点；“润物细无声”写春雨落下来后无声无息地滋润万物，呼应了“潜”。

“野径云俱黑，江船火独明”，写夜雨中田野的小路上一片漆黑，只有江中的渔船里有一点儿渔火发出光亮。

“看”字出现在“晓看红湿处，花重锦官城”中。“看”的隐含义“目标明确”在这里具体表现为诗人在雨后清晨特意去赏花，表达了诗人对春雨的喜爱之情。本联写经过一夜春雨，天亮的时候诗人去看那湿润的一片红花，发现整个锦官城到处都是在春雨滋润下盛开的繁盛花丛。

别云间①

夏完淳

三年羁旅客，今日又南冠。②
无限山河泪，谁言天地宽。
已知泉路近，欲别故乡难。③
毅魄归来日，灵旗空际看。④

【注释】

①云间：上海松江区古称云间，是作者的家乡。顺治四年（1647），他在这里被逮捕。

②羁（jī）旅：寄居他乡，生活漂泊不定。羁，停留。南冠（guàn）：被囚禁的人。语出《左传》。楚人钟仪被俘，晋侯见他戴着楚国的帽子，问左右的人："南冠而絷者，谁也？"后世因而以"南冠"代被俘。

③泉路：黄泉路，死路。泉，黄泉，指人死后埋葬的地穴。

④毅魄：坚强不屈的魂魄，语出屈原《九歌·国殇》："身既死兮神以灵，魂魄毅兮为鬼雄。"灵旗：又叫招魂幡，古代招引亡魂的旗子。

诗人夏完淳是明末少年抗清英雄，这首诗是诗人被捕后被解送南京前，临别松江（古称云间）时所作。"别云间"意思是辞别家乡松江。

首联"三年羁旅客，今日又南冠"，意思是自己三年来为抗击清兵而一直漂泊在外，现在又兵败被俘入狱。

颔联"无限山河泪，谁言天地宽"，意思是自己为无限美好的河山的失陷而伤痛流泪，谁还敢说天地宽广，表达了诗人的满腔辛酸与沉痛。

颈联"已知泉路近，欲别故乡难"，是指诗人知道自己的生命已经不会长久，可是要永远告别故乡却实在是难以承受。诗人的父亲已经为国捐躯，自己是家中唯一的男孩，此次被俘也是凶多吉少；诗人念及自己长年奔波在外，未能尽孝于母亲，念及让新婚妻子在家孤守两年，自己未能尽为夫之责任与义务，辞别故乡和亲人怎会不“难”？

尾联“毅魄归来日，灵旗空际看”，意思是等到自己坚毅的魂魄回来的那一天，再从空中的招魂幡上来看故乡。“看”的隐含义“目标明确”这里具体指诗人的魂魄要专门来看故乡，表达了诗人对故乡和亲人的无限深情。

小篆

“卧”在古代原本指“身体蜷曲地侧躺”，指的是古人一种与睡眠不同的休息状态，因此“卧”隐含“并非睡觉”的意思。

说文古文

小篆

“坐”指的也是人的一种休息方式，与“卧”姿态不同，且隐含“停留”的意思。

说字

“卧”的小篆“”字形由“人”和“臣”组成，“臣”取竖立状眼睛的形象。人在什么状态下眼睛呈竖立状呢？侧卧的时候。由此可知，“卧”的一个动作特点是侧身躺着。《说文解字》把“尸”说解为“陈也。象卧之形”。“象卧之形”是对“尸”的小篆字形“”的说解，也就是说卧的姿态与小篆“”的形态相似，由此可知“卧”还有“身体蜷曲”的动作特点。综合以上资料，可以确定“卧”的本义是“身体蜷曲侧躺”，也就是说这个姿势具备三个特点：一是躺倒，二是侧身，三是身体蜷曲。《说文解字》把“卧”解为“休也”。段玉裁《说文解字注》解为“伏也”，并注明“伏，大徐作休，误。卧与寝异：寝于床，《论语》‘寝不尸’是也；卧于几，《孟子》‘隐几而卧’是也。卧于几，故曰伏”。由此可见，“卧”是古人一种未陷入睡眠的休息状态，古代通常是靠几而卧，因此“卧”隐含着“并非就寝或并非睡觉”的意义，也就是说“卧”时人是清醒的。这个隐含义对于理解古诗词意象和创作主旨很有帮助。

“坐”小篆字形作“”，《说文解字》解为“止也。从土，从留省，土，所止也”。显然，“止”并非“坐”的意义，而是“坐”的词义特点。据此可知，“坐”的本义是人体的一种休息方式，上古时期为双膝跪地，把臀部靠在脚后跟上，后泛指以臀部着物以支撑身体重量的姿势。“坐”的词义特点“止、停留”即其隐含义，词语“坐庄”“坐北朝南”“坐锅”“坐车”中的“坐”都含有“止、停留”的意义特点。在孟浩然《望洞庭湖赠张丞相》“坐观垂钓者，徒有羡鱼情”中，“坐”的隐含义“止、停留”表现了诗人无事可做，只能当旁观者的景况，委婉地表达了诗人想请宰相张九龄举荐自己为官的意思。

解诗

十一月四日风雨大作

陆游

僵卧孤村不自哀，尚思为国戍轮台。①

夜阑卧听风吹雨，铁马冰河入梦来。②

【注释】

①僵：僵硬。孤村：孤寂荒凉的村庄。不自哀：不为自己哀伤。戍：守卫。轮台：在今新疆维吾尔自治区内，是古代边防重地。此处代指边关。

②夜阑（lán）：夜深。风吹雨：风雨交加。铁马：披着铁甲的战马。冰河：冰封的河流，指北方地区的河流。

陆游罢官后一直闲居在家，他怀有的收复国土愿望已不可能实现。在一个“风雨大作”的夜里，诗人触景生情、由情生思，在梦中实现了自己金戈铁马驰骋中原的愿望。

这首诗中出现了两个“卧”字，第一个“卧”用“僵”修饰，指自己僵硬地躺卧在孤独的小村庄。“卧”含有的“并非就寝或并非睡觉”的意义，说明此处的“僵卧”并非就寝，而是诗人不受重用，无所事事，无聊地躺卧着，但诗人却“不自哀”，因为诗人心中还有梦想——“尚思为国戍轮台”。轮台在今新疆维吾尔自治区内，是古代边防重地，此处代指边关。可见诗人虽然不受重用，却依然想着为国守护边疆、建功立业。

“夜阑卧听风吹雨”中出现了第二个“卧”，其隐含义“并非睡觉”说明在夜将尽时（夜阑），诗人仍然不能入睡，只能听着窗外的风吹雨打之声。是什么让诗人彻夜难眠？是对国家风雨飘摇境况的忧虑，是报国之志难以实现的悲愤。诗人这样听着、想着，辗转反侧，陷入特殊的梦境——自己一身戎装，骑着身披铁甲的战马，跨越北国冰封的河流，同敌人在疆场厮杀。显然，“铁马冰河入梦来”是诗人日夜所思的结果，淋漓尽致地表达了诗人一心建功立业的报国热情和英雄气概，也反衬了政治现实的可悲：诗人有心报国却遭排斥而壮志难酬，一腔御敌之情只能形诸梦境。

牧童

吕岩

草铺横野六七里，笛弄晚风三四声。①

归来饱饭黄昏后，不脱蓑衣卧月明。

【注释】

①铺：铺开。横野：辽阔的原野。

这首诗为我们呈现了一幅生动的牧童晚归休憩图，反映了牧童生活的恬静与闲适，表达了诗人内心对安然自得生活的向往。

"草铺横野六七里，笛弄晚风三四声"，从视觉、听觉两个角度描写了周围的景象：青草铺满方圆六七里的土地，晚风中隐约传来牧童断断续续的悠扬的笛声。一个"铺"字形象地表现了草的茂盛和草原给人的平缓舒服之感，而断断续续的笛声更衬托了草原的宁静。

"归来饱饭黄昏后，不脱蓑衣卧月明"，意思是牧童回来吃饱饭，已是黄昏之后了，他连蓑衣都没脱，就在明亮的月光下侧卧在草地上。这里的"卧"字形象地表现了牧童的自由自在，而且体现了其隐含义"并非就寝或并非睡觉"。这首诗描写的意象让读者感受了牧童心灵的无羁无绊、自然放松，也反映了诗人心灵上的一种追求，以及他对远离喧嚣、安然自乐的生活状态的向往。

清平乐·村居

辛弃疾

茅檐低小，溪上青青草。① 醉里吴音相媚好，白发谁家翁媪？②

大儿锄豆溪东，中儿正织鸡笼。③ 最喜小儿亡赖，溪头卧剥莲蓬。④

【注释】

①茅檐：茅屋的屋檐。

②吴音：作者当时住在江西东部的上饶，这一带古代是吴国的领土，所以称这一带的方言为吴音。媪（ǎo）：古代对老妇的敬称。

③锄豆：锄掉豆田里的草。

④亡赖：这里指顽皮、淘气。

这首词是描写农村生活的名作，风格清新淡雅，富有诗情画意。

开篇“茅檐低小，溪上青青草”，是对村居自然环境的描写。一所茅檐又低又小的草屋，屋旁有一条清澈见底的小溪，溪边长满了绿色的小草。接下来，词人用一家五口的生活场景具体表现了村居生活。

词人首先用“醉里吴音相媚好，白发谁家翁媪”描写白发翁媪的生活状态。“醉”的本义是“喝酒过量，神志不清”，隐含着“溃败”的意义。此处用来修饰“吴音”的“醉”显然不可用本义“喝酒过量，神志不清”来解释，而隐含义“溃败”在这里可以具象化为喝醉酒后摇摇晃晃、绵软无力的状态，用来修饰吴音，恰可比喻吴音婉转而绵软轻柔的特点。这种婉转温柔的说话声非常悦耳、令人舒服，因此听起来好像是两个人互相说着情话一般，而用吴侬软语温柔对话的又是一对白发苍苍的老人，正表现了乡间老年夫妻温暖而又惬意的幸福生活。这场景多么温馨、多么美好、多么让人感动！更让人感动的是“茅檐低小”，这对夫妻住在一所又低又小的茅草屋里，但一家人在贫寒的环境中过着和谐美好的生活。

接下来词人描写三个儿子的活动：“大儿锄豆溪东，中儿正织鸡笼。最喜小儿亡赖，溪头卧剥莲蓬。”大儿子和二儿子分别承担了劳动任务，最小的儿子还不谙世事，正横卧在溪头草丛，剥刚摘下的莲蓬。这几句写得极为通俗，却将农家三子的形象刻画得栩栩如生，令人印象深刻。尤其是对小儿子的描写饶有情趣，一个“卧”字使其侧卧溪头的动作、神态如在眼前，让一个顽皮、可爱、天真无邪的小孩的形象跃然纸上。

舟过安仁

杨万里

一叶渔船两小童，收篙停棹坐船中。[①]

怪生无雨都张伞，不是遮头是使风。[②]

【注释】

①篙：撑船用的竹竿或木杆。棹：船桨。

②怪生：怪不得。

这首诗描绘了两个无忧无虑的小渔童充满童趣的行为，体现了两个小童的可爱与聪明。

“一叶渔船两小童，收篙停棹坐船中”，意思是一叶扁舟上只有两个小孩，他们把撑船的长竹篙收起来，也停止了划桨，只是坐在船里。“坐”所隐含的“止、停留”的词义特点与“收篙停棹”说明两个小童只是悠闲地坐在船中，什么也不用做。两个小童为什么不划船呢？下一联给出了答案：“怪生无雨都张伞，不是遮头是使风。”怪不得没下雨他们就张开了伞，不是为了遮雨，而是想利用伞当帆让船前进啊。看到这里读者不禁哑然失笑，既为小童子的聪明，也为他们的童真和稚气。诗人记录下这充满童趣的一幕，也可以看出他自己的童心不泯。全诗表达了诗人对天真、可爱的孩子的喜爱之情。

竹里馆[①]

王维

独坐幽篁里，弹琴复长啸。[②]
深林人不知，明月来相照。

【注释】

①竹里馆：辋川别墅胜景之一，房屋周围有竹林，故名。

②幽篁（huáng）：幽深的竹林。长啸：撮口而呼，这里指吟咏、歌唱。魏晋名士称吹口哨为啸。

本诗是王维晚年隐居陕西蓝田辋川时创作的，描写了隐居生活的清幽宁静和高雅绝俗，表现了诗人内心的宁静和淡泊。

“独坐幽篁里”展开了一幅清幽宜人的画面，使读者仿佛看到诗人独坐于茂密竹林间的身影。“坐”的隐含义“止、停留”与

“独”“幽”共同表现了诗人在竹林中无人打扰亦无俗事烦扰的幽寂景象。竹在传统文化中的君子形象，使这一景象蕴含着丰富的象征意义。在这幽静美景中，诗人“弹琴复长啸”，即一边弹琴一边对天高歌，这是一个多么富有诗意的景象！琴声和长啸声不仅反衬出竹林的幽静，也使诗人的情绪得到自由宣泄。

“深林人不知，明月来相照”意思是诗人幽居在森林深处，不为世人所知，只有皎洁的月亮将清辉洒在他身上。在诗人眼中，皎洁的月儿仿佛知道他的心意，特地前来相伴；诗人把本无心的月亮看得如此有情有义，正反映了自身忘却世情、心灵澄净的特点。

南乡子·登京口北固亭有怀①

辛弃疾

何处望神州？② 满眼风光北固楼。千古兴亡多少事？悠悠。③ 不尽长江滚滚流。

年少万兜鍪，坐断东南战未休。④ 天下英雄谁敌手？⑤ 曹刘。⑥ 生子当如孙仲谋。⑦

【注释】

①京口：今江苏镇江。北固亭：在今镇江北固山上，下临长江，

三面环水。又称北固楼。

②神州：这里指中原地区。

③悠悠：形容漫长、久远。

④年少：年轻。指孙权19岁继父兄之业统治江东。兜鍪（dōu móu）：原指古代作战时兵士所戴的头盔，这里代指士兵。坐断：坐镇、占据、割据。东南：指吴国在三国时地处东南方。休：停止。

⑤敌手：能力相当的对手。

⑥曹刘：指曹操与刘备。

⑦生子当如孙仲谋：曹操率领大军南下，见孙权的军队雄壮威武，喟然而叹："生子当如孙仲谋。"

这是辛弃疾在宋宁宗开禧元年（1205）出任镇江知府时创作的一首登临怀古词。

"何处望神州"一开篇直接表达了词人对故土中原的怀念和收复中原的心愿，而"满眼风光北固楼"说明诗人看见北固楼一带的壮丽江山。

"千古兴亡多少事？悠悠。不尽长江滚滚流"，指千百年间的盛衰兴亡不知经历了多少变幻，就如同长江之水滚滚向前、奔流不息、没有尽头。

下阕主要颂扬三国时代的英雄人物孙权。"年少万兜鍪"说孙权在青年时代已带领过千军万马。"坐断"的"坐"在这里引申为"坚守"之义，其隐含义"止、停留"表现为坚持、不放弃；"断"

的意思是断开，在这里指割据一方。“坐断东南”指孙权在三国鼎立的情况下坚守自己割据的东南地区，“战未休”说明孙权坚持抗敌，没有向敌人低过头。“天下英雄谁敌手？曹刘”，说天下英雄只有曹操和刘备可以和孙权并列。最后词人引用曹操“生子当如孙仲谋”的原话，直接对孙权进行高度赞扬。

词人借凭吊千古英雄孙权，慨叹当时的南宋无大智大勇之人执掌乾坤。因为孙权的“坐断东南”，形势与南宋极似。作者极力赞颂孙权的年少有为和他坚守领土时的从不屈服、不畏强敌，目的是对苟且偷安、毫无振作之意的南宋朝廷进行暗讽和鞭挞，希望南宋有孙权那样的有志之士。

小篆

“惜”本来的意思是“可惜，惋惜”，它在古代与“痛”字关系密切，隐含“心痛”的意思。

春秋字形

小篆

“怜”的意思是“哀怜，同情”，与“惜”相近。它的字形中包含着代表鬼火的“粦”，因为鬼火若隐若现，十分微弱，所以“怜”还隐含“针对弱小者”的意思。

说字

“惜”字从心昔声，本义是“可惜，惋惜”；《说文解字》认为“惜，痛也”，“惜”与“痛”具有同源关系，也就是“惜”隐含着“心痛”的意义。词语“珍惜”“爱惜”“吝惜”中的“惜”都含有隐含义“心痛”。杨万里“泉眼无声惜细流”中，“惜”的意思是“吝惜、舍不得”，其隐含义“心痛”表现为泉眼舍不得让水流出，与“细”“无声”呼应，将泉水细小恬静的特点生动表现出来。白居易《观刈麦》“但惜夏日长”中，“惜”的意思是珍惜，隐含义“心痛”表现为人们抓紧时间抢收麦子，因为成熟的麦子如果被意外天气毁掉，人们将会十分心痛。

“怜”字《六书通》作“”，小篆作“”，根据《说文解字》“怜，哀也。从心粦声”，“哀，闵也”，“怜”的本义是“哀怜、同情”。声符“粦”的西周金文字形作“”，像双脚突出的正面人形，身上有代表火苗的小点，小篆字形演变为“”，《说文解字》指出“粦，兵死及牛马之血为粦，粦，鬼火也”，可见“粦”的本义是

鬼火。鬼火若隐若现，具有小而弱的特点。因此，“怜”的本义“哀怜，同情”中隐含着“针对弱小者”的意义特点，其引申义“疼爱、怜爱”中也蕴含着“针对弱小者”。词语“可怜”有“值得怜悯”的意思，白居易《卖炭翁》“可怜身上衣正单，心忧炭贱愿天寒”，可怜的对象是属于弱势群体的卖炭翁，与“怜”的隐含义“针对弱小者”非常吻合；杜甫《登楼》“可怜后主还祠庙，日暮聊为《梁甫吟》”中，“可怜”修饰的是后主刘禅，刘禅虽贵为君王，却沦为阶下囚，显然也具有弱势的特点，与“怜”的意义特点“针对弱小者”相吻合。“可怜”还有“可惜”的意思，辛弃疾《破阵子·为陈同甫赋壮词以寄之》中的“可怜白发生”里，“可怜”是可惜的意思，仍然保留着“针对弱小者”的隐含义，只不过“弱小者”在这里转指不幸或人们心中不希望发生的事。有的地方“可怜”的意思是“可爱”，如白居易《暮江吟》“可怜九月初三夜，露似真珠月似弓”，其中“可怜”是可爱的意思，也蕴含着“针对弱小者”的隐含义，因为九月初三夜的月亮是刚刚露出的月牙，符合弱小的特点，而满月的状态往往不能用“可怜”来修饰。

解诗

归园田居（其三）

陶渊明

种豆南山下，草盛豆苗稀。①
晨兴理荒秽，带月荷锄归。②
道狭草木长，夕露沾我衣。③
衣沾不足<u>惜</u>，但使愿无违。④

【注释】

①稀：稀少。

②兴：起床。荒秽：形容词用作名词，指豆苗里的杂草。秽，肮脏，这里指田中杂草。荷锄：扛着锄头。荷，扛着。

③狭：狭窄。夕露：傍晚的露水。沾：打湿。

④足：值得。

东晋安帝义熙元年（405），陶渊明在江西彭泽做县令，不过八十多天，便声称不愿“为五斗米折腰向乡里小儿”，辞官回家。归家后，他创作《归园田居》诗一组，共五首。本诗就是其中的第三首。

“种豆南山下，草盛豆苗稀。晨兴理荒秽，带月荷锄归”，意思是在南山的山坡下，诗人种上了豆；地里长满了杂草，豆苗却生长得稀稀落落。早晨起来诗人就去地里松土、除草，月亮出来才扛着锄头回家。

“道狭草木长，夕露沾我衣。衣沾不足惜，但使愿无违”，意思是：田间小路很狭窄，两边的杂草却长得很旺盛，以至于晚上回来的时候露水打湿了我的衣服；衣服被打湿并不可惜，只愿我那心意不被违背。其中“惜”的隐含义“心痛”在这里表现为诗人对衣服被打湿并不在意，衬托出诗人真正在意的是自己的愿望不被违背。诗人的愿望是什么？他并未直言，但从诗中不难看出，他的愿望是脱离世间俗务归隐田园。诗人的愿望实现后，虽然“晨兴理荒秽，带月荷锄归”这种躬耕劳动很辛苦，但从诗中感觉不到诗人有任何的抱怨，反而觉得诗人乐在其中。

滁州西涧[1]

韦应物

独怜幽草涧边生，上有黄鹂深树鸣。[2]
春潮带雨晚来急，野渡无人舟自横。[3]

【注释】

①滁州：现位于安徽滁州。西涧：在滁州西部，俗名上马河。
②怜：爱。深树：枝叶茂密的树。
③野渡：郊野的渡口。

诗人在担任滁州刺史时期写下这首小诗，所写的虽然是平常景物，但经诗人点染，却成了一幅意境幽深的有韵之画，蕴含了诗人怀才不遇的无奈与忧伤情怀。

“独怜幽草涧边生，上有黄鹂深树鸣”，意思是独爱这生长在幽深涧边的小草，上面还有黄莺在树荫深处啼鸣。“怜”的意思是喜爱，隐含义“针对弱小者”体现了“幽草”弱小而不为人所知的特点，诗人对幽草的偏爱体现了诗人恬淡的胸怀，也流露出他认为自己像小草一样无人关注、怀才不遇的内心感受。

“春潮带雨晚来急，野渡无人舟自横”，意思是傍晚下雨了，潮水涨得更急，郊野的渡口没有行人，一只渡船横泊河里。这雨中渡口扁舟闲横的画面，是一种闲淡宁静之景，蕴含着诗人不在其位、不得其用的无奈、忧虑和悲伤。

渡荆门送别[1]

李白

渡远荆门外，来从楚国游。[2]
山随平野尽，江入大荒流。[3]
月下飞天镜，云生结海楼。[4]
仍怜故乡水，万里送行舟。[5]

【注释】

①荆门：山名，位于今湖北宜都西北长江南岸，与北岸虎牙滩对峙，地势险要。

②楚国：楚地，指湖北一带，春秋时期属楚国。

③平野：平坦广阔的原野。江：长江。大荒：广阔无际的田野。

④海楼：海市蜃楼，这里形容江上云霞的美丽景象。

⑤仍：依然。故乡水：指从四川流来的长江水。诗人从小生活在四川，把四川称作故乡。

这首诗是李白青年时期在出蜀漫游途中写的。李白这次出蜀，由水路乘船远行，经巴渝，出三峡，向荆门山之外驶去，目的是到湖北、湖南一带楚国故地游览。

首联“渡远荆门外，来从楚国游”，意思是诗人经过长途船行而渡过荆门后，就来到楚地游览。

颔联“山随平野尽，江入大荒流”，意思是沿途山势逐渐降低，直至完全与广阔平坦的田野融为一体；奔腾的江水仿佛流入辽阔的荒漠。这两句诗所描绘的意境十分开阔，而且极具动态感和画面感，表现了诗人喜悦开朗的心情和蓬勃向上的朝气。

颈联“月下飞天镜，云生结海楼”，意思是月亮在平静水面中的倒影，恰似从天上飞下来的一面明镜；白天彩云变幻无穷，结成了海市蜃楼般的奇景。这里通过对夜晚江中月和白天变幻多姿的彩云的描写把作者在广阔平原上的新鲜感受生动地表现出来。

尾联“仍怜故乡水，万里送行舟”中，“怜”的隐含义“针对弱小者”决定“怜”的对象不应该是故乡水，因为故乡水本身并不具有“弱小”的特点，它能够“万里送行舟”便可证明这一点。我们认为，诗人相对于他笔下的壮丽山河，具有弱小的特点，因为对“故乡水”来说，诗人就像它的孩子，因此“仍怜故乡水”的意思是“依旧怜爱我、心疼我的故乡水”，这样“仍”的意义也有了着落，意思是诗人虽然离开故乡，但故乡水仍然爱着诗人。“万里送行舟”，即不远万里，恋恋不舍地一路送诗人远行。诗人通过写故乡水对他的怜爱和“万里送行舟”的深情，表现了自己对故乡的深情。

甲骨文

小篆

“依”指的是“依靠”，它的字形看起来就像衣服包裹在人体上，因为衣服是紧紧贴在人身上的，所以它隐含“紧挨着”的意思。

小篆

“倚”指的也是“依靠在物体或人身上”，它的字形中包含“奇”，而包含“奇”的字，如“崎”“畸”等大多隐含“斜”的意思，因而“倚”相应地也有“斜”的意思。

说字

“依”和“倚”都有依靠的意思，《说文解字》中分别提及“依，倚也”“倚，依也”，这种互训关系证明这两个字意义相近。如何对这两个字进行辨析？一条有效的途径是从字形构意入手，找出其隐含义，通过隐含义把其意义差别讲清楚。

“依”甲骨文作“”，像衣服包裹人体之形态。由其字形构意“衣服包裹人体”不仅可以提取出本义“依傍，靠着”，还可以析出“依”的隐含义“紧挨着”。如成语“依山傍水”“唇齿相依”“小鸟依人”中，“依”的意思是依傍、靠着、依恋、亲近等，其中都蕴含着“紧挨着”的意义特点。王之涣《登鹳雀楼》“白日依山尽”中，“依”的隐含义“紧挨着”表现为夕阳依傍着西山慢慢地沉没，突出了夕阳看上去与山的距离非常近的特点。曹操《短歌行》“绕树三匝，何枝可依？”中，“依”的意思是“依靠”，具有“紧挨着”的特点。“依”还引申为“亲密的样子”，仍隐含着“紧挨着”的意义，张泌《寄人》“别梦依依到谢家”，写诗人与情人梦中重聚，难舍难离，“依依”形象地表现了他们这种亲密样子，显然仍体现了“紧挨着”的特点。“依依”还可以引申为轻柔的样子，也能体现隐含义“紧挨着”，如《诗经·小雅·采薇》“昔我往矣，杨柳依依”，“依依”用于形容杨柳长长的枝条轻柔地随风摆动的样子，同时具有双关作用，暗示主人公春天出征时对故乡、亲人恋恋不舍的心情。同样，陶渊明《归园田居》“暧暧远人村，依依墟里烟”中，“依依”被用来形容炊烟，表现了炊烟轻柔飘扬的特点。显然不管是形容随风轻柔摆动的杨柳枝条，还是轻柔飘扬的炊烟，“依依”都包含着相互依偎缠绵的意义，这正是“紧挨着”这个意义的具体表现。

“倚”的本义是依靠在物体或人身上，倚靠时行为主体的身体要倾斜或偏斜，因此“倚”这个字隐含“斜”的意义。“倚”包含隐含义“斜”还可由其字形来旁证，“倚”的声符“奇”由“大”和“可”组成。“可”的甲骨文“”中的“丂”构件取“曲柄斧之柄”之形，具有弯曲的特点，因而以“丂”为声符的“河”“柯”都具有弯曲的特点；“奇”也具有弯曲的特点，因而以“奇”为声符的字大都有偏斜的特点，如“攲（欹）”“崎”“畸”等。由此可见，“倚”的隐含义是“斜”。温庭筠《望江南》“独倚望江楼”中，“倚”的隐含义“斜”表现为女子独自在望江楼上靠着栏杆、身体向前倾斜的意象，生动表现了女子盼望归人的迫切心情。李白《蜀道难》“枯松倒挂倚绝壁”中，“倚”的隐含义“斜”表现为干枯的松树树冠朝下斜靠在刀削斧劈般的悬崖上，极具画面感。陶渊明《归去来兮辞》“倚南窗以寄傲”中，“倚”的隐含义“斜”表现为诗人悠闲地斜靠着南窗，十分生动具体。李贺《李凭箜篌引》“吴质不眠倚桂树”中，“倚”的隐含义“斜”使吴刚斜靠着桂树彻夜赏听箜篌演奏的情景如在眼前。杜甫《茅屋为秋风所破歌》“归来倚杖自叹息”中，“倚”的隐含义“斜”使“倚”比“拄”更能表现主人公的身体对“杖”的依靠，从而表现主人公的衰老无力。

从以上分析可以看出，“依”和“倚”虽然都有“靠”的意思，但意义特点不同，“依”的隐含义是“紧挨着”，“倚”的隐含义是“斜”。阐明“依”“倚”的隐含义不仅有助于辨析相关近义词，还有助于准确理解这两个字在古诗中的作用，赏析古诗词炼字之妙，从而更加深刻地理解诗文主旨。

解诗

池鹤八绝句·鹤答鹅

白居易

右军殁后欲何依，只合随鸡逐鸭飞。①

未必牺牲及吾辈，大都我瘦胜君肥。②

【注释】

①右军：指王羲之，东晋时期著名书法家，曾任会稽内史，领右将军。殁：死。合：应该。

②牺牲：供祭祀用的牲畜。及：达到。“及吾辈”意思是轮到我们。大都：大概、大抵。胜：胜过、强过。

《池鹤八绝句》是白居易的作品，其诗序为“池上有鹤，介然不群，乌、鸢、鸡、鹅，次第嘲噪，诸禽似有所诮，鹤亦时复一鸣。予非冶长，不通其意，因戏与赠答，以意斟酌之，聊亦自取笑耳”，讲述了这组诗的创作背景，大意是：池塘里有一只鹤，很不合群，乌鸦、鸢、鸡、鹅等纷纷嘲笑它，对着鹤鼓噪大叫，好像在讥刺鹤什么，鹤也不时鸣叫，好像在回复众鸟的嘲笑。我不是公冶长，不懂得禽鸟的语言，于是戏作了这组赠答诗，按照自己的理解创设了一些情节，不过是自娱自乐罢了。“鹤答鹅”的意思是鹤对鹅的答复，作者通过鹤对鹅的嘲讽的机智回答，表现了鹤的聪明。

首句“右军殁后欲何依，只合随鸡逐鸭飞”，这是作者为鹤设计的语言，是鹤对鹅不怀好意的嘲讽，意思是王羲之死后你还能依靠谁呢？只好和鸡鸭之类的牲畜一块飞了。其中“依”的意思是依靠，这里的依靠不表示具体动作，具有一定的抽象概括性，但隐含义“紧挨着”在其中仍有所体现。这句话巧妙地利用了王羲之喜欢鹅的历史典故。鹤还攻击了鹅的体态，说“未必牺牲及吾辈，大都我瘦胜君肥”，意思是：人们祭祀选择牺牲时未必会轮到我们，这大约就是我们太瘦强过你们肥的原因吧。白居易巧妙地采用对话形式，表现了鹤的聪明机敏。

清平调三首（其三）①

李白

名花倾国两相欢，常得君王带笑看。②

解释春风无限恨，沉香亭北倚阑干。③

【注释】

①清平调：一种歌的曲调。

②名花：牡丹花。倾国：比喻美色惊人，此处指杨贵妃。

③解释：消解。沉香：亭名，沉香木所筑。

这首诗是李白在长安供奉翰林时创作的《清平调三首》之中的第三首。据说此诗是李白奉诏而作，当时唐玄宗和杨贵妃在宫中观赏牡丹花，命李白据此创作新乐章。

“名花倾国两相欢，常得君王带笑看”，开门见山把君王、美人、牡丹组成的一幅图画呈现给读者：绝代佳人与红艳牡丹相得益彰，使得君王带笑观赏。

“解释春风无限恨”紧承上联，意思是消解了春风的无限遗憾。是什么消解了春风的遗憾呢？是盛开的鲜花与倾国美人的“两相欢”，是春风中君王带笑欣赏鲜花与美人的画面，由此诗人从侧面赞美了君王、美人与牡丹构成的图景的美好。也有的人认为此处的“春风”喻指君王。

“倚”字出现在“沉香亭北倚阑干”中，“倚”的意思是“靠着”，其隐含义“斜”形象地表现了唐玄宗与杨贵妃在沉香亭北面双双斜靠着栏杆（赏花）的图景，极具画面感。

后宫词

白居易

泪湿罗巾梦不成，夜深前殿按歌声。①
红颜未老恩先断，斜倚熏笼坐到明。②

【注释】

①按歌声：依照歌声的韵律打拍子。

②恩：君恩。熏笼：覆罩香炉的竹笼。香炉为宫中用物，用来熏衣被。

这首诗描写一位宫女失宠后盼望再次得到君王宠幸的痴心与执着。

首联“泪湿罗巾梦不成，夜深前殿按歌声”写宫女把罗巾都哭湿了，怎么也睡不着，而在深夜难眠的痛苦煎熬中，她又听到前殿传来阵阵欢歌和击节声，这无疑加重了她的痛苦与幽怨。

“红颜未老恩先断”，“断”字说明宫女曾得到宠幸，而在红颜未老时却又失宠。正是得宠又失宠的经历，造成她深深的痛苦与幽怨，使她更不甘心目前的处境。

“斜倚熏笼坐到明”，“倚”本就隐含“斜”的意义，前面又增加一个“斜”字，更凸显了宫女长时间斜靠熏笼而坐的疲惫状态。她为什么“斜倚熏笼坐到明”呢？熏笼指覆罩香炉的竹笼，香炉是用来熏香衣被的用具，她不辞辛苦地“斜倚熏笼坐到明”是为了浓熏翠袖，以待招幸时能博得君王的欢心。这样一来，诗人通过一个极具画面感的意象将这位宫女的痴心与执着写得淋漓尽致，深刻反映了这位宫女的可悲处境与不甘心态。全诗虽不着一字，却令读者产生不尽的感慨与同情。

苏幕遮[1]

范仲淹

碧云天，黄叶地。秋色连波，波上寒烟翠。山映斜阳天接水。芳草无情，更在斜阳外。

黯乡魂，追旅思。[2]夜夜除非，好梦留人睡。明月楼高休独倚。酒入愁肠，化作相思泪。

【注释】

①苏幕遮：原唐教坊曲名，来自西域，后用作词牌名。

②黯乡魂：因思念家乡而黯然伤神。黯，形容心情忧郁。乡魂，即思乡的情思。追旅思：撇不开羁旅的愁思。追，追随，这里有缠住不放的意思。旅思，旅居在外的愁思。

“苏幕遮”是词牌名，这首词的主题是抒发乡思旅愁。上阕渲染秋景，下阕直抒思乡之情。

开篇“碧云天，黄叶地。秋色连波，波上寒烟翠”，由对天地间苍茫秋景的总括，写到天地之间浓郁的秋色和水上绵邈的波浪，又进一步转到波浪之上笼罩的略带寒意的翠色烟雾，构成一幅色彩斑斓的画面。

“山映斜阳天接水”将斜阳下的青山和连天的江水摄入画面，并用拟人化的手法说“芳草无情，更在斜阳外”，写芳草地广阔无边，延伸到斜阳照射范围之外，巧妙地创设了一个十分辽阔、空旷的壮丽场景，为下阕要表达的寥落悲怆、悠远无穷的忧思做了铺垫和衬托。

下阕“黯乡魂，追旅思。夜夜除非，好梦留人睡”，写令人黯然神伤的思乡之情，旅居异地的孤独漂泊之感，认为只有梦中才能把这一切忘却，对好梦的盼望甚至使人想入睡。

“倚”字出现在“明月楼高休独倚”中。根据“倚”的隐含义“斜”，“倚”可释为斜靠着，“独倚”就是独自一人在高楼上斜靠着的状态，意象十分具体，呈现给读者这样一幅画面：在皎洁月光下，高楼上有一个人独自斜靠在那里。可以想见，在这种情境下，“独倚”者孤独寂寞，难免会增添怅惘之情，愁上加愁，这样更加令人难以忍受，因此说“休”要如此。

最后本词以“酒入愁肠，化作相思泪”戛然而止，把读者带入这样一个场景：一个人孤独地借酒浇愁，可是酒喝下去了，却不禁泪流满面。本来想借酒来排遣相思之苦，结果愁上加愁、更加痛苦。这首词深刻反映了羁旅异乡的主人公内心无法排遣的深重乡思和离愁。

西周金文

小篆

“照”字左半边如同手举着火把，表示用火光照明，它在古代原本的意思就是照耀，因此隐含“明”的特点。

小篆

“映”在古代用于修饰比较柔和的光线，这些光线不够强烈、明亮，因此“映”虽然有“明”之义，但比起“照”，只能算“半明”。

说字

“照”西周金文作“”，左偏旁像手举火之形，右偏旁“召”为声符，表示用火光照耀。《说文解字》认为“照，明也。从火昭声”“昭，日明也”，显然，“照”“昭”具有同源关系，因此可以推知，“照”的本义是照耀，隐含义是“明”。“照”在古诗中使用频率比较高，其行为主体可以是太阳，也可能是月亮，甚至可能是抽象的精神。不管哪种事物，只要具有能发光的特点，即具有隐含义“明”。李白《望庐山瀑布》“日照香炉生紫烟，遥看瀑布挂前川”中，“照”字是照耀、照射的意思，其隐含义“明”在这里表现为阳光下的香炉峰非常明亮，山上紫色云雾蒸腾缭绕的景象非常清晰。在王安石《泊船瓜洲》“春风又绿江南岸，明月何时照我还”，苏轼《水调歌头》“转朱阁，低绮户，照无眠”，《木兰诗》“朔气传金柝，寒光照铁衣”中，“照”的主体都是月亮，而月光与日光相比更为柔和，可见“照”的使用范围比较广泛，可以用于描述强烈的阳光，也可以用于描述柔和的月光；光线可以是直射，也可以是斜射或反射。

“照”还可以引申为精神的“光照、照耀”，如文天祥《过零丁洋》“人生自古谁无死，留取丹心照汗青”，其中“照”的意思就是“光照、照耀”，但这里照的主体不是日、月等具体的发光体，而是“丹心”，即对国家的赤诚之心，指的是为国尽忠的精神“光照”史册，即在史册上留名。

《说文解字》认为：“映，明也，隐也。从日央声。”《文选·王粲〈七哀诗〉》注引《通俗文》“日阴曰映”。根据以上训释，我们认为“映”虽有“明”之义，但与“照”的“明”特点不同，“映”修饰的光线比较柔和，属于“半明”状态。梁元帝《纂要》云“日在午曰亭，在未曰映”，意思是阳光在正午时称为亭，在午后一个时辰即太阳斜照时称为映，此时的光具有不强烈、不直接照射的特点。王粲《七哀》“山岗有余映，岩阿增重阴”中，“余映”也是指太阳偏西后斜照的阳光。而“映”的另一个意义“隐也”是遮盖、遮蔽的意思，由于“映”修饰的光线被遮蔽，所以才不够明亮，呈“半明”状态，因此“映”的隐含义是“半明”。

解诗

鹿柴

王维

空山不见人，但闻人语响。①
返景入深林，复照青苔上。②

【注释】

①空山：空旷的山林。但闻：只听到。但，只。

②返景：夕阳返照的光，即落日余晖。返，返回。景，阳光。复照：反照。复，又，反。

这首诗描写了鹿柴傍晚时分的幽静景色，表达了诗人对大自然中空灵境界的追求和喜爱。

“空山不见人，但闻人语响”，指寂静无人的空山中见不到一个人，却传来了人说话的声音。空谷传音，愈见其空；人语过后，愈添空寂。

“返景入深林，复照青苔上”，意思是落日的余晖映入深林，又照在青苔上。显然，落日余晖本来已经不那么强烈了，照进深林后，又经过反射才照在青苔上，“照”在青苔上的阳光是经过反射的斜阳，可以想见是多么轻柔、和暖，这更加衬托了深林的昏暗与幽静。“照”的隐含义“明”使读者仿佛看到深林中青苔上的一抹亮色，而“复照”即反射说明阳光被树冠挡住，只能反射到青苔上，可见这深林是多么茂密。

小池

杨万里

泉眼无声惜细流，树阴照水爱晴柔。[①]
小荷才露尖尖角，早有蜻蜓立上头。

【注释】

①泉眼：泉水的出口。惜：吝惜。

这是宋代诗人杨万里的著名诗篇，该诗选取小池中的泉水、树荫、小荷、蜻蜓等几种典型事物，描绘了一种充满生命力和生活情趣的生动画面，表现了诗人对生活的热爱。

“泉眼无声惜细流”用拟人手法说泉眼“爱惜、舍不得”这些从地下冒出的水流，非常传神地表现了水流细小的特点，又用“无声”“细”分别从听觉、视觉两个角度描绘了泉水的柔和、细小，与“惜”字前后照应，用短短的七个字生动传神地为读者展开了一个柔美、静谧的画面。

“树阴照水爱晴柔”，“照”的意思是“对着镜子或其他反光的东西看自己或其他人物的影像，即照镜子”，“照水”的意思是以水为镜欣赏自己的形象。显然，这里用拟人的手法，把树影倒映在水中看作池边树以水为镜欣赏自己的形象，非常生动传神。这句诗为读者展开了又一幅柔和美好的画面：微风吹拂，池边树影倒映在水中，柔美的枝条在晴空中轻轻摇动，好像在欣赏自己在水中的倒影。

“小荷才露尖尖角，早有蜻蜓立上头”则用特写镜头的方式细致描绘出一幅生动画面：小荷刚刚露出尖尖的像角一样的蓓蕾，一只蜻蜓就抢先站在了这个细小的蓓蕾上。“早”与“才”相呼应，表现出蜻蜓占据荷花蓓蕾的急不可待，从侧面烘托了小荷的可爱。

总之，这首诗采用拟人手法，通过三幅画面——小池的泉眼、池边树与水中倒影、池中刚刚长出蓓蕾的小荷和立在上边的蜻蜓——生动传神地描绘出小池轻柔、静谧、美好、可爱的形象，表达了诗人对小池的喜爱之情。

小儿垂钓

胡令能

蓬头稚子学垂纶，侧坐莓苔草映身。①
路人借问遥招手，怕得鱼惊不应人。②

【注释】

①蓬头：头发蓬乱的。稚子：年龄小的、懵懂的孩子。垂纶：钓鱼。纶，钓鱼用的丝线。莓：一种野草。苔：苔藓植物。

②借问：向人打听。应：回应、答应、理睬。

这首诗描写一个小孩子在水边聚精会神钓鱼的情景，通过对典型细节的描写，极其传神地再现了儿童那种认真且天真的童心和童趣。

“蓬头稚子学垂纶，侧坐莓苔草映身”，意思是一个头发蓬乱、面孔稚嫩的小孩在河边学钓鱼，侧身坐在青苔上，绿草映衬着他的身影。“映”的隐含义“半明”在这里表现为小孩的身体没有完全从草丛里露出来，处于一种若隐若现的状态。正是因为小儿的身体还能够被看到，才有“路人借问遥招手，怕得鱼惊不应人”的典型细节，“遥招手”则使读者仿佛看到小儿认真垂钓的神态和急忙摆手让路人不要说话的可爱样子，十分形象传神。

江南春

杜牧

千里莺啼绿映红，水村山郭酒旗风。①
南朝四百八十寺，多少楼台烟雨中。②

【注释】

①啼：叫。山郭：靠山的城墙。酒旗：酒店门前高挂的布招牌。

②南朝：南北朝时南方宋、齐、梁、陈四个王朝的总称。当时南朝建立了大批佛教寺院。

这首诗千百年来素负盛誉，因为它既写出了江南春景的丰富多彩，也写出了它的广阔、深邃和迷离。

“千里莺啼绿映红”，从整体上概括了江南风光：广阔的江南到处是莺啼声，处处是绿叶映衬着鲜艳的红花。这句诗从声、色两个角度表现了江南特有的生机勃勃的自然景色。其中“映”的意思是“映衬”，其隐含义“半明”表现为在绿色枝叶的衬托下，红色花朵显得更为惹眼、更为鲜艳。

“水村山郭酒旗风”写了江南独特的地形风貌，临水有村庄，依山有城郭，在春天的和风中，酒旗在轻轻地招展。这两句诗生动表现了江南春景明丽的特点。

“南朝四百八十寺，多少楼台烟雨中”则表现了烟雨中江南风景的广阔、深邃和迷离。通过对南朝留下的众多古寺笼罩在烟雨中的宏大景象的描写，诗人将历史与现实结合起来、将眼前实景与对历史的感慨结合起来，增强了诗歌的历史穿透力和思想内容。

晓出净慈寺送林子方[①]

杨万里

毕竟西湖六月中，风光不与四时同。[②]
接天莲叶无穷碧，映日荷花别样红。[③]

【注释】

①晓：拂晓，清晨。净慈寺：杭州西湖畔著名佛寺。

②毕竟：到底。

③无穷碧：无穷的碧绿。别样：宋代俗语，特别地。

题目点明这首诗的写作背景是诗人在西湖送别友人林子方，然而诗的中心立意却不在畅叙友谊或表达离愁别绪，而是通过赞美西湖美景曲折地表达对友人的眷恋。

“毕竟西湖六月中，风光不与四时同”，意思是毕竟是西湖六月的景色，风光与其他季节确实不同，直接点明西湖六月的风光与其他季节不同，是非常值得留恋的。

“映日荷花别样红”中，“映”的隐含义“半明”在这里表现为“用柔和的光照耀”，这句诗意思是在柔和的阳光照耀下，荷花显得特别红艳。红艳的荷花在“接天莲叶无穷碧”的荷叶衬托下，显得格外鲜艳、格外惹眼。诗人用“碧”“红”突出了莲叶和荷花给人的视觉带来的强烈冲击力，写莲叶无边无际，仿佛与天宇相接，气象宏大，既写出了莲叶之多，又渲染了天地之壮阔，具有极其丰富的空间感。

小篆

蒸

“蒸”的字形中包含“烝”，“烝”在古代本义是“火气上升”，现代人们多用“蒸”来表达“烝”原本的意思，因此“蒸”隐含“气体上行”之义。

小篆

升

“升”作为简化字，与“昇”和“陞”这两个古代的异体字相对应，而“昇”和“陞”都有“向上”之义，一个指的是“太阳升起”，另一个指的是“登”，因而“升”隐含“向上”的意思。

说字

解析“蒸”字的隐含义，要从其间接声符“丞”说起。“丞”的甲骨文作“”，像一个人掉进陷阱里，上面有两只手在用力向上拉他的形态，这是“拯”的象形初期形态。由“丞”的字形构意可以看出，“丞”包含隐含义“向上升”。“丞”和“火”可组成“烝”字，《说文解字》认为“烝，火气上行也，从火，丞声”，显然，“烝”中的声符“丞”不仅具有表音功能，也有指代“向上升”的表意功能。“烝”的本义是火气或热气上升。

在现代汉语中，“烝”的本义“火气或热气上升”及其引申义大都用“蒸”字来表示。如“蒸馒头”的“蒸”意思是“用蒸汽加热”，其本字是“烝”。因此，“气体上行”是“蒸”的隐含义。白居易《观刈麦》“足蒸暑土气，背灼炎天光”的意思是双脚受地面热气的熏蒸，脊背受炎热阳光的烘烤，其中“蒸”的意思是用热气加热，即熏蒸，隐含义“气体上行”在这里体现为土地向上冒出热气熏蒸着人的双脚；“灼”的意思是烧、烤，指炎热的阳光从上方炙烤着人的脊背。

“升”同时对应几个不同的异体字，这里主要介绍两个有“向上”意义特点的字：“昇”和“陞”。《说文解字》认为“昇，日上也”，而“陞”也写作“阩”，《集韵·蒸韵》认为“阩，登也”，可见“昇”和“陞”具有同源关系，都有“向上”的意义特点。“昇”的本义是“日升”，“陞”的本义是“登”，它们都包含着隐含义“向上”。王安石《登飞来峰》“闻说鸡鸣见日升”中，“升”作“昇”，本义是“日升”，隐含义“向上”在这里表现为太阳从低到高缓缓升起的动态过程。

解诗

走马川行奉送封大夫出师西征①

岑参

君不见走马川行雪海边，平沙莽莽黄入天。②
轮台九月风夜吼，一川碎石大如斗，随风满地石乱走。③
匈奴草黄马正肥，金山西见烟尘飞，汉家大将西出师。④
将军金甲夜不脱，半夜军行戈相拨，风头如刀面如割。⑤
马毛带雪汗气蒸，五花连钱旋作冰，幕中草檄砚水凝。⑥
虏骑闻之应胆慑，料知短兵不敢接，车师西门伫献捷。⑦

【注释】

①走马川：在今新疆吉木萨尔一带。行：即歌行，古代诗歌的一

种体裁，属古体诗范畴。

②雪海：泛指西北苦寒之地。

③轮台：地名，位于今新疆乌鲁木齐米东区一带，唐贞观年间置县。

④匈奴：泛指北方游牧民族。金山：指阿尔泰山，突厥语称“金”为“阿尔泰”，这里泛指塞外山脉。汉家：唐代诗人多以汉代唐。

⑤戈相拨：兵器互相撞击的声音。

⑥五花：是良马的名称。连钱：马身上的斑纹。草檄：起草讨伐敌军的文告。檄，檄文。

⑦虏骑：敌人的骑兵。古代称北方游牧民族为“虏”。胆慑：恐惧。短兵：指刀剑一类的武器。车师：指北庭，为汉代车师后国所在地。伫：等待。献捷：报捷。

题目中的“封大夫”指封常清，这首诗是岑参在担任封常清幕府判官期间，为封常清出兵西征而创作的送行诗。诗人抓住有边地特征的景物来描写环境的艰险，极力渲染、夸张环境的恶劣，反衬人物不畏艰险的精神。

“君不见走马川行雪海边，平沙莽莽黄入天”，点明走马川的地理位置在遥远的苦寒之地雪海附近，那里黄沙茫茫、连接云天。

“轮台九月风夜吼，一川碎石大如斗，随风满地石乱走”描写走马川自然环境的恶劣：轮台这个地方，九月的夜里狂风怒吼，走马川斗大的碎石被狂风吹得满地乱滚。诗人通过描写边塞的恶劣环境，侧面烘托将士们不畏艰苦的精神。

“匈奴草黄马正肥，金山西见烟尘飞，汉家大将西出师”叙述了战争发生的背景：匈奴借草黄马壮之机入侵，在金山西面燃起战火，于是我方大将率兵西征。用“烟尘飞”三字形容报警的烽烟和匈奴铁骑卷起的尘土之飞扬，既表现了匈奴军队的气势，也说明了唐军早有戒备。

“将军金甲夜不脱，半夜军行戈相拨，风头如刀面如割”，写将军夜不脱甲，严阵以待。夜晚行军中只听到兵戈相互碰撞的声音，说明唐军军纪整肃严明；猛烈的风吹在脸上像刀割般疼痛，可见当地环境非常恶劣。

“蒸”字出现在“马毛带雪汗气蒸，五花连钱旋作冰，幕中草檄砚水凝”中，意思是马毛上挂着的雪花随汗气蒸腾，五花马的身上转眼结成冰，营幕中草拟檄文的砚墨也冻结。“蒸”的隐含义“气体上行”在这里指马浑身大汗淋漓，在严寒中向上冒着热气的样子，这里用马的大汗淋漓衬托将士们的辛苦劳累。“旋作冰”和“砚水凝”则从侧面说明天气的恶劣。

“虏骑闻之应胆慑，料知短兵不敢接，车师西门伫献捷”，是指敌军听说这场面定会闻风丧胆，料他们也不敢与唐军短兵相接，因此诗人就在西门等待唐军的捷报。

全诗虽叙述征战，却以表现寒冷为主线，通过极力渲染、夸张环境的恶劣来突出唐朝将士不畏艰险的精神，表现了边防将士高昂的士气与爱国的精神。

望洞庭湖赠张丞相①

孟浩然

八月湖水平，涵虚混太清。②
气蒸云梦泽，波撼岳阳城。③
欲济无舟楫，端居耻圣明。④
坐观垂钓者，徒有羡鱼情。⑤

【注释】

①洞庭湖：中国第二大淡水湖，在今湖南北部。张丞相：指张九龄，唐玄宗时宰相。

②涵虚：包含着天空，指天空倒映在水中。涵，包容。虚，虚空、空间。混太清：与天浑然一体。太清，指天空。

③云梦泽：古代云梦泽分为云泽和梦泽，洞庭湖是它南部的一角。撼：摇动。岳阳城：在洞庭湖东岸。

④欲济无舟楫：想渡湖而没有船只，比喻想做官而无人引荐。济，渡。楫（jí），划船用具，船桨。端居：闲居。圣明：指太平盛世，古代人认为皇帝圣明社会就会安定。

⑤徒：只能。

这是孟浩然投赠张九龄的干谒诗。干谒诗是古代文人为了推销自己而写的一种诗歌，类似于现在的自荐信。一些文人为了求得晋身的机会，往往十分含蓄地写一些干谒诗呈献给达官贵人，展示自己的才华和抱负，以求得到引荐。

“八月湖水平，涵虚混太清”是对洞庭湖远景的静态描写，意思是八月湖水浩荡，与岸齐平，天空倒映在湖水中，湖水和天空浑然一体。

“蒸”出现在“气蒸云梦泽，波撼岳阳城”中，“蒸”“撼”两个动词写出了洞庭湖水的动感。“蒸”的意思是“用蒸汽加热”，阐明其隐含义“气体上行”后，“气蒸云梦泽”的意象就显得非常具体形象了，使读者仿佛能看到洞庭湖面浓浓的水雾缓缓上升，把它上面（北面）的云梦泽完全笼罩，好像是在用热气熏蒸云梦泽的样子。“撼”的意思是摇动，“波撼岳阳城”的意思是波涛奔腾，好像要摇动岳阳城似的。这是何等的气势！

“欲济无舟楫，端居耻圣明。坐观垂钓者，徒有羡鱼情”，意思是面对浩瀚的洞庭湖，自己意欲横渡，可是没有船只，如果在家闲居，又有愧于这样一个大好时代。自己坐在湖边观看那些垂竿钓鱼的人，却只能徒然产生羡慕之情。显然，诗人借面对洞庭湖欲渡无舟和临渊羡鱼的意象，表达了自己不甘心闲居无事，要出来做一番事业的心意，含蓄委婉地表露了希望当时任中书令的张九龄予以援引的意思，写法不落俗套，构思十分巧妙。

鲁山山行[①]

梅尧臣

适与野情惬，千山高复低。[②]
好峰随处改，幽径独行迷。[③]
霜落熊升树，林空鹿饮溪。
人家在何许？云外一声鸡。[④]

【注释】

①鲁山：在今河南鲁山。

②适：恰好。野情：喜爱山野之情。惬（qiè）：心满意足。

③幽径：幽静的小路。

④何许：何处、哪里。

这首诗运用丰富的意象，动静结合，描绘了一幅斑斓多姿的山景图，表现了诗人一边赶路一边欣赏山景的勃勃兴致。

首联“适与野情惬，千山高复低”，指千万座山峰或高或低，这种景致恰恰和自己喜爱山野风光的情趣相契合。

颔联“好峰随处改，幽径独行迷”，指秀美的山峰随着前行和观看角度的变化而不断变化，幽深的小路常常让独自行走的人迷路。

颈联“霜落熊升树，林空鹿饮溪”，指树上的霜雪纷纷下落，原来是一只大熊在爬树；树林空寂，小鹿在溪边悠闲地饮水。“升”此处作“陞”，本义是“登”，隐含义“向上”在这里表现为向上爬树；“霜落熊升树”描绘的场景是纷纷落下的霜雪使行人将目光转向树，才发现有只正在爬树的熊，这个场景是多么生动！

尾联“人家在何许？云外一声鸡”，指当行人正在考虑这里是否有人家，人家都在哪里的时候，云外传来一声鸡叫。“云外一声鸡”以动衬静，将诗的意境拓展到云外，别开生面。

小篆

“醉”的意思是“饮酒过量，神志不清”，饮酒过量的人会举止混乱、不成规矩，因此“醉”隐含“溃”的意思。

小篆

“酣”指的是饮酒尽兴，它的字形中包含“甘”，隐含“甘美快乐”的意思。

说字

“酉”的甲骨文作“”，像酒坛的形态，因此以“酉”为部首的字，如“醉”“酣”的本义都与酒有关。“醉”与“酣”的区别是什么呢？《说文解字》认为“醉，卒也。卒其度量，不至于乱也。一曰溃也。从酉，从卒”。许慎列出两种有关“醉”的本义说法：一种是达到酒量的极点，一种是“溃也”。显然“溃也”不是“醉”的本义，而是隐含于本义“饮酒过量，神志不清”中的词源意义。据此，我们认为“醉”的词义“饮酒过量，神志不清”中蕴含着隐含义“溃败”。隐含义“溃败”在不同语境中有不同的表现。

《说文解字》认为“酣，酒乐也。从酉，从甘，甘亦声”，“酣”的本义是饮酒尽兴，声符“甘”具有表意功能，提示了“酣”的词源与甘美快乐有关，因此“酣”的隐含义是“甘美快乐”。苏轼《江城子·密州出猎》中“酒酣胸胆尚开张”里，“酣”的隐含义“甘美快乐”表现为词人酒喝得非常尽兴、快乐，但并没有“醉”，反而因此心胸更为开阔、胆气更为豪迈。

“醉”的隐含义“溃败”和“酣”的隐含义“甘美快乐”可作为解析古诗词的重要线索和依据。

解诗

凉州词

王翰

葡萄美酒夜光杯，欲饮琵琶马上催。[①]
醉卧沙场君莫笑，古来征战几人回？

【注释】

①夜光杯：一种白玉制成的杯子。琵琶：一种弹拨乐器。唐代有一种可以在马上弹奏的琵琶。

凉州词，又称凉州曲，是盛唐时流行的一种曲调名。许多诗人喜欢用这个曲调填写新词，因此唐代许多人写有《凉州词》，如王之涣、王翰等。这首凉州词是一首优美的边塞诗。

“葡萄美酒夜光杯，欲饮琵琶马上催”，用西域特产葡萄酒、夜光杯、琵琶等展现了浓郁的西北边塞风情。晶莹透亮的杯子里斟满了葡萄美酒，战士们即将痛饮的时候，却传来催人出发的琵琶声，一下子把人们带进紧张激昂的战前气氛中。

“醉”字出现在“醉卧沙场君莫笑”中，意思是“饮酒过量，神志不清”，也就是喝醉了。如果把“醉”的隐含义“溃败”融入诗意中，“醉卧”的意象就变得非常具体，指喝醉酒后神志不清、绵软无力，使读者仿佛看到烂醉如泥躺卧在沙场上的将士的形象。战士醉成这个样子，诗人却说“君莫笑”，这是因为“古来征战几人回”。这些出征的将士没有几个人能活着回来，正因如此，他们才不惜喝得“醉卧沙场”，可以想见他们面对“葡萄美酒夜光杯”时复杂的心情，既有为国尽忠的豪迈激情，又有“壮士一去不复返”的悲壮情绪，可谓百感交集，在这种复杂情绪下喝壮行酒，怎么会不醉？诗人非常理解将士们心灵深处的豪情与悲情，所以说“君莫笑”，即不要笑将士们喝得醉成这个样子，从此处可见诗人对即将出征的将士充满理解和同情。

破阵子·为陈同甫赋壮词以寄之

辛弃疾

醉里挑灯看剑，梦回吹角连营。[①] 八百里分麾下炙，五十弦翻塞外声。[②] 沙场秋点兵。[③]

马作的卢飞快，弓如霹雳弦惊。[④] 了却君王天下事，赢得生前身后名。[⑤] 可怜白发生！[⑥]

【注释】

①挑灯：拨动灯火，点灯。

②八百里：指牛。《世说新语·汰侈》："王君夫（恺）有牛，名八百里驳……"麾下：指部下。麾，军旗。炙：烤肉。五十弦：本指瑟，此处泛指乐器。翻：演奏。塞外声：以边塞作为题材的雄壮悲凉的军歌。

③沙场：战场。点兵：检阅军队。

④的卢：一种额部有白色斑点、性烈的快马。相传刘备曾乘的卢马脱离险境。霹雳（pīlì）：特别响的雷声，比喻拉弓时弓弦响如惊雷。

⑤了（liǎo）却：了结，完成。天下事：此处指恢复中原之事。赢得：博得。身后：死后。

⑥可怜：可惜。

这是辛弃疾为好友陈亮（陈同甫）写的一首词，抒发了自己想要杀敌报国、建功立业，却因年老体迈而壮志难酬的思想感情。

"醉里挑灯看剑"，"醉"的意思是"喝酒过量，神志不清"，其隐含义"溃败"在这里具体表现为不仅神志不清，而且身体瘫软无力。词人为什么在神志不清、瘫软无力的酒醉状态下半夜里拨动灯火仔细看自己用过的宝剑呢?

因为“梦回吹角连营”。“梦”与“醉”相对。“梦”甲骨文“”像人倚床而睡，手却在舞动的形态，表示神有所遇，本义是做梦。而“回”的甲骨文“”像曲折环绕之形，引申为“从别处到原来的地方”的意思。从“回”的词义特点可知“吹角连营”是词人经历过的往事。据史料记载，辛弃疾21岁时参加了耿京领导的抗金起义军，任掌书记。他极力劝说耿京与南宋朝廷正规军配合，共同抗击金兵。耿京因此派辛弃疾等11人奉表联宋。归途中，他听说耿京被叛徒张安国杀害，于是率领50名骑兵直驱山东，奔入有5万人的敌人阵营中，将正在饮酒作乐的张安国捉拿，并号召耿京旧部反正。之后辛弃疾长驱渡淮，押解张安国到建康城斩首。“梦回吹角连营”指词人在梦中回到年轻时代驰骋沙场、奋勇杀敌的军营。

“八百里分麾下炙，五十弦翻塞外声。沙场秋点兵”，“翻”的本义是“飞”，但具有不断上下左右变化的特点，用“翻”表示演奏，隐含着演奏者手指不断上下左右运动的特点，可表现演奏者高超的技艺。这段话的意思是官兵们领了上好的牛肉分别到自己的军营中去烧烤，伴随着各种乐器演奏的雄壮的边塞歌曲之声，沙场上正在进行秋季阅兵。这是多么热烈而充满建功立业激情的场面!

“马作的卢飞快，弓如霹雳弦惊”，“惊”的本义是“马骇也”，其隐含义“动作猛烈或动作幅度大”表现为箭射出后弓弦剧烈震动，说明弓箭发射产生了巨大的力道。这两句话的意思是战马像的卢马一样跑得飞快，离弦的弓箭发出雷鸣般的巨大声响，弦一直在猛烈震颤。词人通过对战马和弓箭的描写表现了将士的勇武和报效祖国的豪情壮志。

“了却君王天下事，赢得生前身后名”，意思是将士们一心替君主完成统一天下的大业，争取生前死后都留下为国立功的名望。

最后一句“可怜白发生”把词人带回现实。词人对自己头发变白、年老体弱的现实感到无限惋惜和无奈。

词人之所以“醉里挑灯看剑”，不只是因为念念不忘报国，他的“醉”更多的是因为他一直空怀报国志向却没有施展抱负的机会，现在终于有“了却君王天下事”的机会，却又因年老而不能参与。此时，词人心中既有对将士们的羡慕，更有自己壮志难酬的悲愤。可见，在半夜起来醉眼蒙眬地看心爱的宝剑时，词人内心是多么痛苦、心情是多么复杂，“喝醉”可能是他宣泄痛苦的唯一方式。

题临安邸[①]

林升

山外青山楼外楼，西湖歌舞几时休？

暖风熏得游人醉，直把杭州作汴州。[②]

【注释】

①临安：南宋的都城，即今浙江杭州。邸：本义是官邸、官府，这里指旅店、客栈。

②汴（biàn）州：即汴梁（今河南开封），北宋都城。

“题临安邸”的意思是题写在临安城一家旅店墙壁上的诗。

“山外青山楼外楼”的意思是重重叠叠的青山、鳞次栉比的楼台，这是一片繁荣太平的景象。可是接下来诗人却说“西湖歌舞几时休”，意思是西子湖畔无休止的轻歌曼舞什么时候才能够停止呢？诗人为什么这样说呢？因为在当时，金人攻陷北宋首都汴梁，宋高宗赵构逃到江南，在临安（今杭州）即位，这样临安才成了宋朝首都。在这种山河破碎的情况下，当政者却苟且偏安，歌舞享乐，诗人因此希望那些消磨人们抗金斗志的淫靡歌舞能够停止。

“暖风熏得游人醉”字面意思是温暖的春风把游人熏得像喝醉了酒一样。“醉”的隐含义“溃败”在这里表现为那些酒醉者不仅神志不清，而且身体绵软无力，这形象地表现了那些纵情声色、祸国殃民的达官显贵的精神状态，使他们那种醉生梦死、纸醉金迷的腐朽生活跃然纸上。“暖风”比喻社会上的淫靡之风，其象征意义非常明显，惟妙惟肖地勾画了社会淫靡之风使苟且偷安的南宋统治阶级神魂颠倒、毫无斗志的情况。

“直把杭州作汴州”更是直斥南宋统治阶层忘了国恨家仇，把临时苟安的杭州当作故都汴州，在辛辣的讽刺中蕴含着极大的愤怒和无穷的隐忧。

村居

高鼎

草长莺飞二月天，拂堤杨柳醉春烟。①
儿童散学归来早，忙趁东风放纸鸢。②

【注释】

①拂：轻轻擦过。

②纸鸢：鸢本义是一种鹰类猛禽，纸鸢就是用纸做的形状像老鹰的风筝，这里泛指风筝。

诗人晚年归隐于上饶地区的农村里，这首诗就是他在农村闲居期间有感于春天来临的喜悦而写的。

“草长莺飞二月天”描写了农村二月青草渐渐发芽生长、黄莺飞来飞去的生动景象。

“拂堤杨柳醉春烟”，“醉”的意思是“喝酒过量，神志不清”，这个意义与“拂堤杨柳”之间并没有明显联系，但如果把“醉”的隐含义“溃败”融入诗意中，即用酒后人体绵软无力、走路摇摇晃晃的样子来解释“醉”，那么“拂堤杨柳醉春烟”就展现为一幅杨柳长长的枝条轻轻地擦过堤岸，仿佛喝醉了酒一样摇摇晃晃、绵软无力的景象，而这一切都笼罩在春天水汽上腾形成的雾里，如此就把春景图写活了，杨柳柔美的枝条仿佛在读者眼前动了起来。

“儿童散学归来早，忙趁东风放纸鸢”描述了一群活泼的儿童在大好的春光里放风筝的生动情景。孩子们放学回来得早，趁着吹起的东风，放起了风筝，这是春季乡村闲暇时典型的生活情景，生动而有童趣。

全诗由春景写到春天里的少年儿童，气象生机勃勃，洋溢着欢乐气氛。

宣州谢朓楼饯别校书叔云[①]

李白

弃我去者，昨日之日不可留；
乱我心者，今日之日多烦忧。
长风万里送秋雁，对此可以酣高楼。[②]
蓬莱文章建安骨，中间小谢又清发。[③]
俱怀逸兴壮思飞，欲上青天览明月。[④]

抽刀断水水更流，举杯消愁愁更愁。

人生在世不称意，明朝散发弄扁舟。[⑤]

【注释】

①宣州：地名，今属安徽。谢朓楼：南朝著名诗人谢朓任宣城太守时所建，又称谢公楼、谢朓北楼。校书叔云：校书，官职名，主要掌管校订典籍、刊正文章等事务。校书叔是作者对自己远房族叔李云的称呼。

②长风：大风。酣（hān）：畅饮，饮酒尽兴。

③蓬莱：指东汉时藏书之东观。建安骨：建安风骨，指建安时期以曹操父子和"建安七子"的诗文创作风格为代表的文学风格。小谢：指谢朓，南朝诗人。后人将他和谢灵运并举，称为大谢、小谢。清发：指清新秀发的诗风。

④逸兴（xìng）：飘逸豪放的兴致，多指山水游兴。壮思：雄心壮志。览：通假字，通"揽"。

⑤称（chèn）意：称心如意。散发：古人束发戴冠，散发就是不束冠，表示闲适自在。弄扁舟：乘小舟归隐江湖。扁舟，小船。

这是李白在宣城与族叔李云相遇并同登谢朓楼时创作的一首送别诗，内容主要是抒发自己怀才不遇的愤懑和对光明世界的执着追求。

开端以“弃我去者，昨日之日不可留；乱我心者，今日之日多烦忧”直言弃自己而去的昨天已不可挽留，扰乱自己心绪的今天使自己极为烦忧，诗人内心光阴已逝而功业未成的苦闷跃然纸上。

“长风万里送秋雁，对此可以酣高楼”转入对秋天大雁南飞景象的描写。面对万里秋空，诗人不由得激起酣饮高楼的豪情逸兴。其中“酣”的隐含义“甘美快乐”在这里表现为喝酒喝得非常畅快、高兴，而不是喝得神志不清、烂醉如泥，因此此处用“酣”不用“醉”。

“蓬莱文章建安骨，中间小谢又清发”中，“蓬莱”指东汉东观。东汉时学者称东观（政府的藏书机构）为道家蓬莱山，因此唐人多以蓬山、蓬阁指秘书省。李云是秘书省校书郎，所以这里用“蓬莱文章”借指李云的文章。建安骨，是赞美李云的文章刚健遒劲，具有“建安风骨”。“小谢”指谢朓，这里是说李白自己的诗像谢朓那样具有清新秀发的风格。李白非常推崇谢朓，这里自比小谢，正流露出对自己才华的自信。

“俱怀逸兴壮思飞，欲上青天览明月”说他们两个人都怀有豪情壮志和飘逸洒脱的兴致，于是飘然欲飞，想登上青天揽取明月。

在“抽刀断水水更流，举杯消愁愁更愁”中，“断”的隐含义“没有后续、不能延续”“果决有力”具体表现为“抽刀断水”的动作十分果决，说明断水者极想让流水断开，不再前后连续，然而水的特性却是无法斩断，因而“水更流”。这里是用水的连绵悠长比喻诗人无尽的愁绪，而“抽刀断水”的动作则用于比喻诗人力图摆脱精神苦闷的努力。诗人内心的苦闷就像流水一样根本无法斩断、无法排遣，因此“举杯消愁愁更愁”。这里的比喻奇特而又自然贴切，生动展现了诗人无法排遣和摆脱的深深忧愁和哀伤。

“人生在世不称意，明朝散发弄扁舟”，意思是：既然人生在世如此不称心，还不如明天就披散了头发，乘一叶扁舟在江湖之上自由自在地飘荡。这句诗表现了诗人不屈服于外界和内在重压的豪放性格和遗世高蹈的浪漫情怀。

参考书目

[1] 段玉裁. 说文解字注[M]. 上海：上海古籍出版社，1981.

[2] 何九盈，胡双宝，张猛. 中国汉字文化大观[M]. 北京：北京大学出版社，1995.

[3] 何琳仪. 战国古文字典——战国文字声系[M]. 北京：中华书局，1998.

[4] 郭沫若，胡厚宣. 甲骨文合集[M]. 北京：中华书局，1978—1982.

[5] 黄德宽，常森. 汉字阐释与文化传统[M]. 北京：北京师范大学出版社，2014.

[6] 黄德宽. 古汉字发展论[M]. 北京：中华书局，2014.

[7] 初中语文（1—6册）[M]. 北京：人民教育出版社，2019.

[8] 小学语文（1—8册）[M]. 北京：人民教育出版社，2019.

[9] 金性尧. 宋诗三百首[M]. 西安：陕西师范大学出版社，2010.

[10] 雷汉卿.《说文》"示部"字与神灵祭祀考[M]. 成都：巴蜀书社，2000.

[11] 李炳海. 部族文化与先秦文学[M]. 北京: 高等教育出版社, 1995.

[12] 李国英. 小篆形声字研究[J]. 北京: 北京师范大学出版社, 1996.

[13] 李圃. 古文字诂林[M]. 上海: 上海教育出版社, 2005.

[14] 李孝定. 甲骨文字集释[M]. 台北: “中央研究院”历史语言研究所, 1982.

[15] 李学勤. 字源[M]. 天津: 天津古籍出版社, 2012.

[16] 李运富. “汉字学三平面理论”申论[J]. 北京师范大学学报(社会科学版), 2016(3): 53—63.

[17] 李运富. 汉字构形原理与中小学汉字教学[M]. 长春: 长春出版社, 2001.

[18] 李运富. 汉字学新论[M]. 北京: 北京师范大学出版社, 2012.

[19] 林成滔. 字里乾坤: 汉字文化畅谈[M]. 北京: 中国档案出版社, 2004.

[20] 林庚. 林庚推荐唐诗[M]. 北京: 清华大学出版社, 2006.

[21] 刘钊, 冯克坚. 甲骨文常用字字典[M]. 北京: 中华书局, 2019.

[22] 刘钊. 新甲骨文编[M]. 福州: 福建人民出版社, 2014.

[23] 刘志基. 汉字文化综论[M]. 南宁: 广西教育出版社, 1999.

[24] 吕叔湘. 语文常谈[M]. 北京: 生活·读书·新知三联书店, 1981.

[25] 蒙曼. 蒙曼品最美唐诗: 人生五味[M]. 杭州: 浙江人民出版社, 2018.

[26] 裘锡圭. 文字学概要[M]. 北京: 商务印书馆, 1988.

[27] 沈祖棻. 唐人七绝诗浅释[M]. 上海: 上海古籍出版社, 1983.

[28] 苏培成. 现代汉字研究简述[J]. 语文建设, 1992(7): 7—12.

[29] 唐圭璋. 唐宋词鉴赏辞典[M]. 南京: 江苏古籍出版社, 1999.

[30] 唐兰. 中国文字学[M]. 上海: 上海古籍出版社, 2005.

[31] 汪宁生. 释臣[J]. 考古, 1979(3): 269—271.

[32] 王贵元. 汉字与历史文化[M]. 北京: 中国人民大学出版社, 2008.

[33] 王立军. 汉字的文化解读[M]. 北京: 商务印书馆, 2012.

[34] 王宁.《说文解字》与汉字学[M]. 郑州: 河南人民出版社, 1994.

[35] 王宁. 训诂学原理[M]. 北京: 中国国际广播出版社, 1996.

[36] 王云路. 段玉裁与汉语词汇核心义研究[J]. 华中国学, 2016(1): 67—73.

[37] 王钟陵. 古诗词鉴赏[M]. 成都: 四川辞书出版社, 2007.

[38] 徐中舒. 汉语大字典[M]. 成都: 四川辞书出版社, 武汉: 湖北辞书出版社, 2010.

[39] 徐中舒. 甲骨文字典[M]. 成都: 四川辞书出版社, 2014.

[40] 杨荣祥. “太叔完聚”考释——兼论上古汉语动词“聚”的语义句法特征及其演变[M]//语言学论丛(第二十八辑). 北京: 商务印书馆, 2003.

[41] 于省吾. 甲骨文字诂林[M]. 北京: 中华书局, 1996.

[42] 俞平伯等. 唐诗鉴赏辞典[M]. 上海: 上海辞书出版社, 2004.

[43] 喻守真. 唐诗三百首详析[M]. 北京: 中华书局, 1957.

[44] 袁世硕. 中国古代文学作品选(一、二、三、四)[M]. 北京: 人民文学出版社, 2002.

[45] 詹绪左, 朱良志. 汉字与中国文学的意象创造特征[J]. 安徽师范大学学报(人文社会科学版), 1990(1): 82—90.

[46] 詹鄞鑫. 神灵与祭祀——中国传统宗教综论[M]. 南京: 江苏古籍出版社, 1992.

[47] 张素凤, 郑艳玲. 汉字学理论在识字教学中的应用[J]. 唐山师范学院学报, 2010(3): 149—151.

[48] 张素凤, 杨洲.《诗·周南·桃夭》新解[J]. 河北大学学报(哲学社会科学版), 2008(3): 137—140.

[49] 张素凤. 汉字构意在古诗赏析中的应用价值——以

小学一年级课文《小池》为例[J]. 语文建设，2018（28）：45—47+51.

[50] 张素凤. 汉字结构演变史[M]. 上海：上海古籍出版社，2012.

[51] 张素凤等. 汉字趣味图典[M]. 北京：中华书局，2016.

[52] 张素凤. 论“落”的隐含义在诗词解析中的应用[J]. 美与时代（下），2019（1）：37—40.

[53] 张素凤. 谈字理分析在课文解析中的应用[J]. 语文知识 2017（24）：82—85.

[54] 张素凤. 一本书读懂汉字[M]. 北京：中华书局，2012.

[55] 周法高，张日升. 金文诂林[M]. 香港：香港中文大学出版社，1959.

[56] 朱东润. 中国历代文学作品选（上编、中编、下编）[M]. 上海：上海古籍出版社，2002.